三島由紀夫

憂国と情念

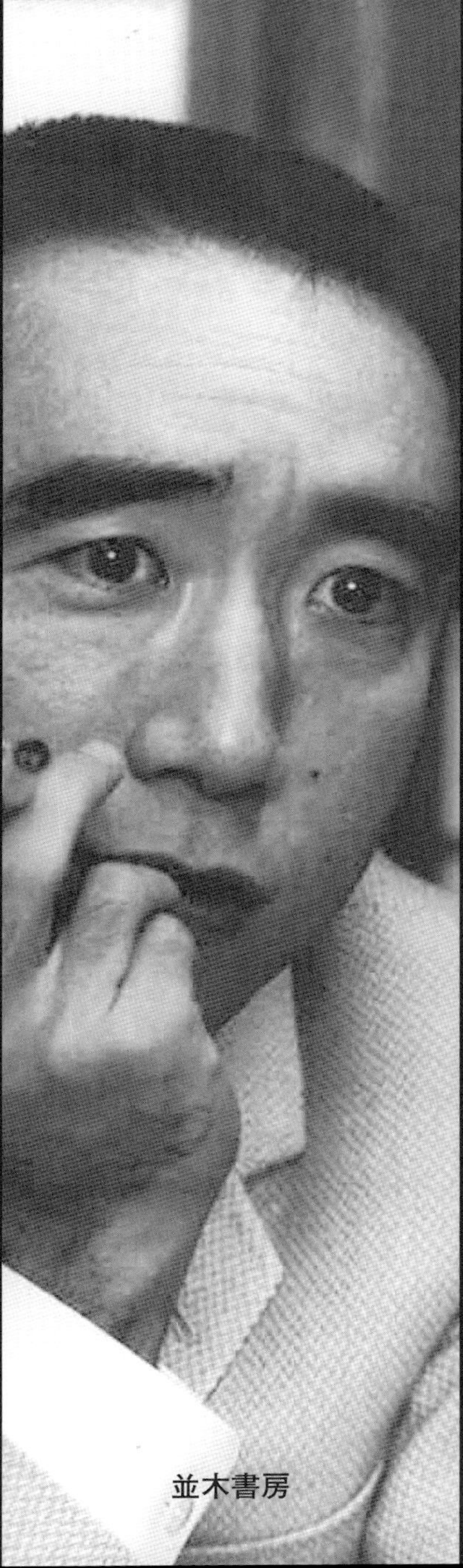

並木書房

楯の会の制服を着た三島由紀夫。
昭和45年10月19日、蹶起に参加
した会員４名とともに撮影。

平成11年7月、山梨県山中湖畔に「山中湖文学の森 三島由紀夫文学館」が開館した。三島家から託された貴重な生原稿や初版本のほとんどが保管されている。

富山市の「隠し文学館花ざかりの森」は館長の杉田欣次氏が個人で開設・運営する。二種の全集に研究本、映画のポスターから演劇のパンフレットといった収集品が展示されている（平成20年開館）。

遺作となった『豊饒の海』（全４巻）と、その第1巻『春の雪』で鎌倉の別荘のモデルとなった鎌倉文学館。庭園には作品にちなみ、春の雪と命名された白薔薇が咲く。

第２巻『奔馬』の舞台である奈良の大神神社には三島が揮毫した「清明」の石碑が建っている。

終焉の地となった陸上自衛隊市ヶ谷駐屯地（現防衛省）と最後の演説をしたバルコニー。移築・復元された総監室のあった旧一号館のドアには、三島の振るった日本刀による傷跡が今も残る（円内）。下は東京裁判が開かれた大講堂。

今はマンションに建て替わった三島由紀夫の生家跡。大正14年１月14日、新宿区四谷の地で生を享け、ここで８歳まで暮らした。

大田区南馬込の邸宅は昭和34年に完成。現在も三島由紀夫の表札が当時のままに掲げられている。

三島文学の代表作の１つ『潮騒』は三重県の神島がモデルとなった。同島の八代神社と監的哨跡。

『岬にての物語』は終戦をはさんだ20歳の夏に書き上げた。舞台となったのは千葉県勝浦市の鵜原海岸。この作品には深い愛着を持ち、のちに豪華本も出版された。

代表作となった『金閣寺』。放火される前の金閣寺（上）と、その後再建された姿。

『宴のあと』の主人公の福沢かづは、野口雄賢と２人で上野公園の五条天神の境内を通り、精養軒で昼食をとった。

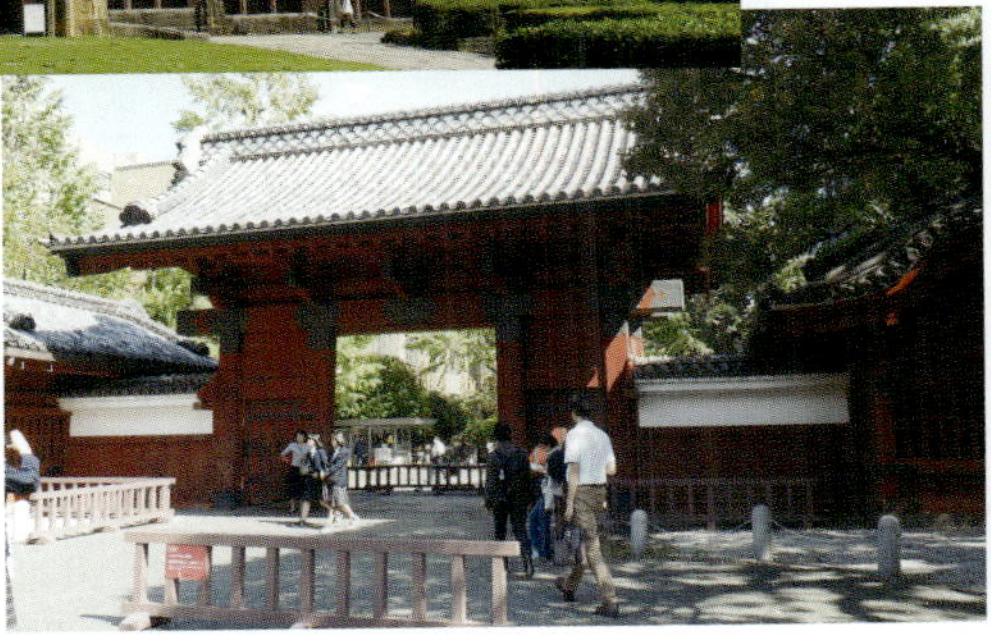

三島由紀夫の母校東京大学。右は東大赤門。山の上ホテルには備え付けの便箋につづられた三島の謝辞がロビーに展示されていた（下）。

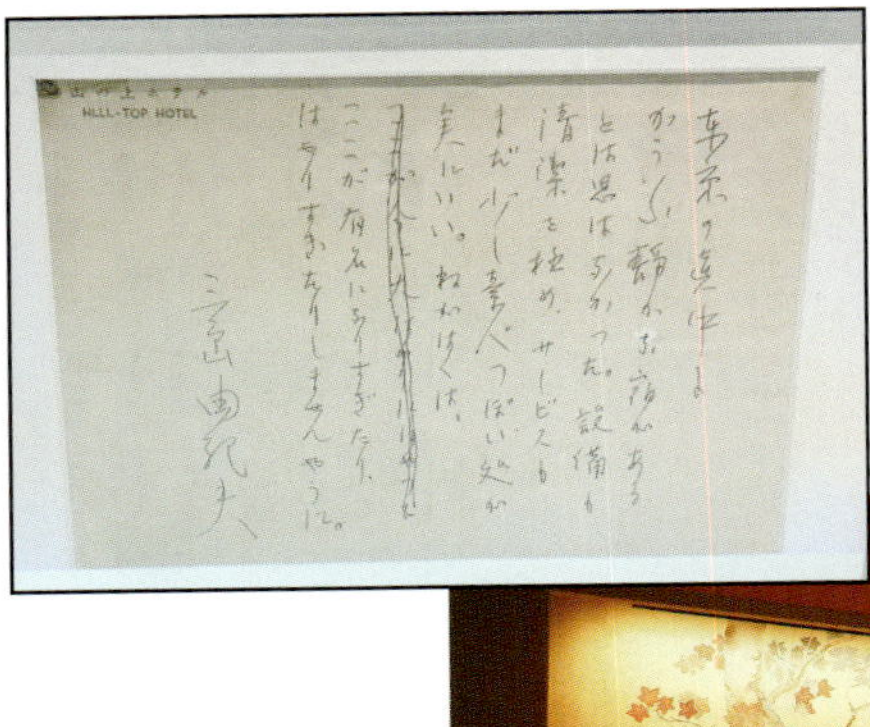

山の上ホテル
HILL-TOP HOTEL

東京の真中に
かういふ静かな宿がある
とは思はなかった。設備も
清潔を極め、サービスも
まだ少し素人つぽい処が
実にいい。ねがはくは、
ここが有名になりすぎたり
はしませんやうに。

三島由紀夫

三島は国立劇場の理事も務め、この屋上で楯の会のパレードも行なわれた。最後の歌舞伎となった「椿説弓張月」は同劇場の委嘱作であり、昭和44年11月に初演された。

三島由紀夫と共に25歳で散った森田必勝（楯の会学生長）。

楯の会制服、二種。

三重県四日市にある森田必勝の実家（兄・治氏のご自宅）を訪れた三島研のメンバー。床の間には三島の書が掛けられていた。

ご自宅の庭には銅像と顕彰碑が建つ。右は森田必勝が眠る森田家の墓。

三島事件の生き証人・寺尾克美氏（元陸将補）。総監室に監禁された益田兼利東部方面総監を救出しようと部屋に入り三島の日本刀により重傷を負った。

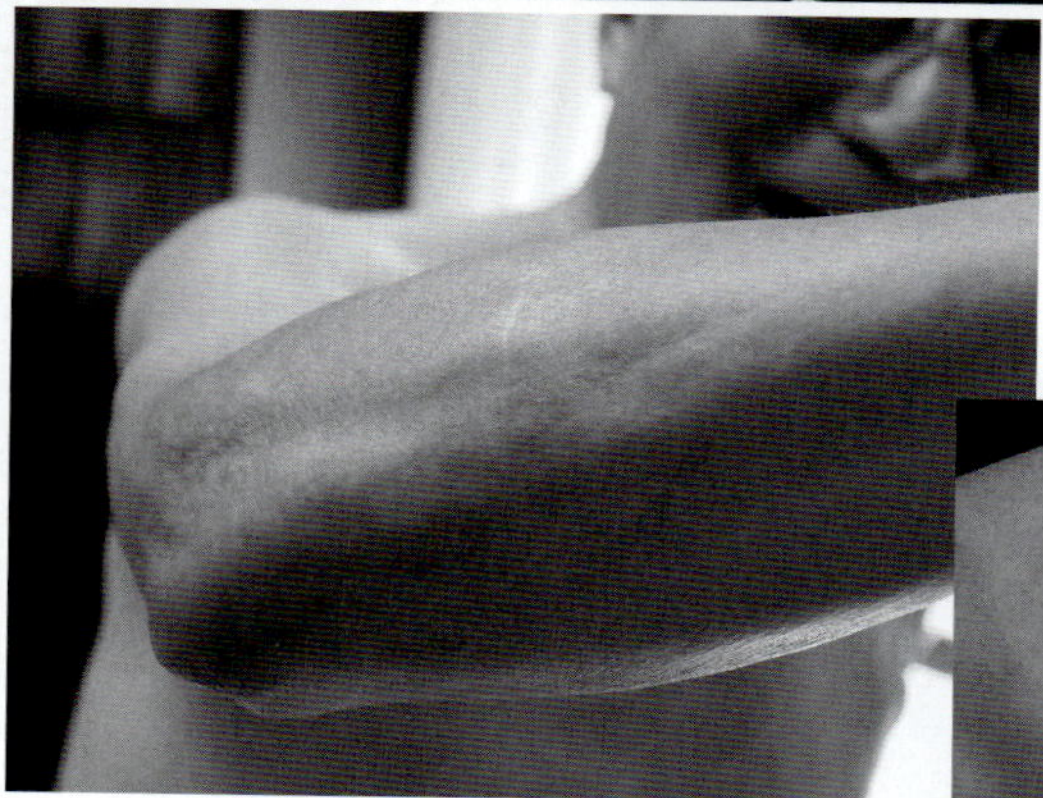

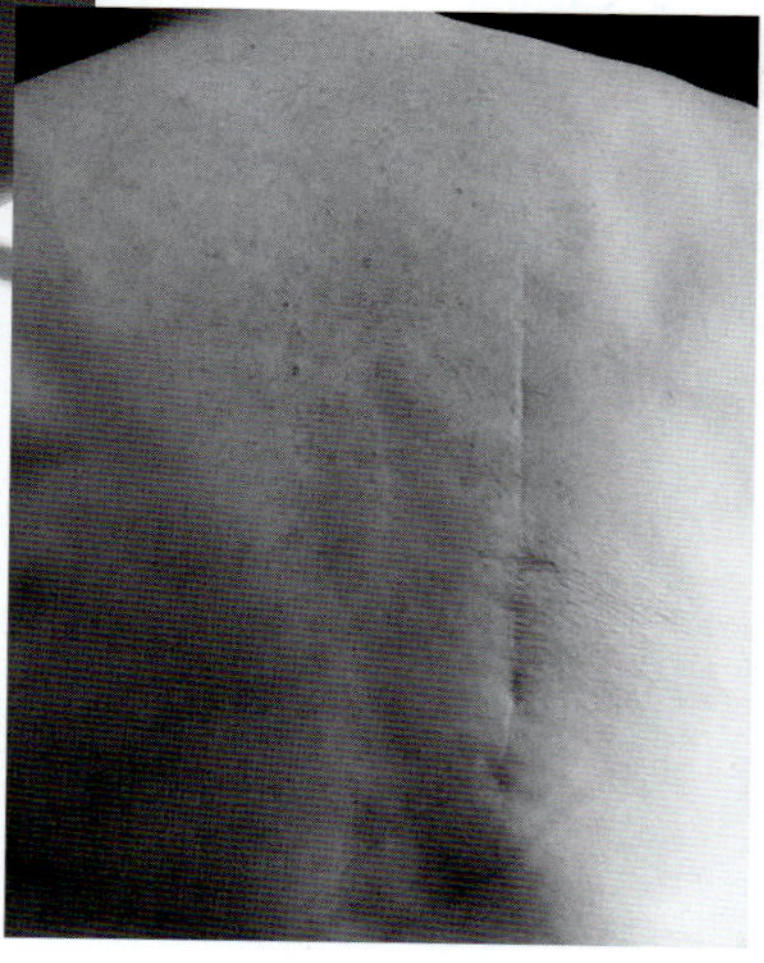

寺尾氏は右腕を一太刀、背中に三太刀斬られた（令和５年７月死去、享年94）。

12月7日（火曜日）　日本学生新聞　第1号

日本学生同盟　発足に寄せて

明るく希望に満ちた壮挙

歌人　中河幹子

まことの知識を身に

作家　林房雄

知識人だけが歴史を創る

本当の青年の声を

作家　三島由紀夫

天窓をあける学生組織

ジャパン・タイムズ論説委員長　斎藤忠

勇気と叡知と

三島由紀夫は日本学生同盟の機関紙『日本学生新聞』の創刊号に「天窓をあける」快挙と祝辞を寄せ、集会では講演に駆け付けた。

三島は民族派学生との絆を深め、学生らと自衛隊体験入隊を行なった。写真は「一期生」の学生たちと東富士演習場での訓練中の一齣。

事件直後に森田必勝の出身校だった早稲田大学構内に両烈士を悼む大看板が立てられ、多くの学生が立ち止まって見入っていた。

昭和45年11月1日（月曜日）

日本學生新聞

三島由紀夫氏が憂国の諫死

森田必勝同志、後追う

訴える三島由紀夫氏

作家 林房雄氏との対話

日本学生新聞社

1部50円

主な内容

「三島由紀夫氏が憂国の諫死 森田必勝同志、後追う」。三島由紀夫の死を伝える『日本学生新聞』。

昭和45年12月11日、豊島公会堂で「三島由紀夫氏追悼の夕べ」が開催され、これが翌年から毎年命日に行なわれる「憂国忌」の母体となった。

「追悼の夕べ」には会場に入りきれない大勢の人々が列をなした。林房雄、川内康範、黛敏郎らが追悼の言葉を述べた。その様子を伝える第1回「憂国忌」(昭和46年11月25日)で配られた冊子の一部。

「憂国忌」は長らく九段会館(旧称 軍人会館)で開催されていたが、平成23年3月の東日本大震災により天井崩落のため解体された。

神事を司るのは乃木神社の神職。生前、三島由紀夫は自分の霊は神社によって弔ってほしいと言い残していた。

会場はいつも満場の参列者で埋まる。

憂国忌のポスター

壇上で記念撮影する実行委員会のメンバーたち。上段は追悼10年祭、下段は40年祭。

「憂国忌」の控え室に発起人代表の林房雄氏（左）を訪ねてきた三島の父親、平岡梓氏（中央のステッキ姿）、右はドナルド・キーン氏。

35年祭の「憂国忌」で開催されたシンポジウム。司会兼任の女優村松英子さん、三島文学の翻訳者として知られるエドワード・サイデンステッカー氏。

同シンポジウムのパネラーとして左から『三島由紀夫の死と私』を書いた西尾幹二氏、著名コラムニストの井尻千男氏、文芸評論家の入江隆則氏。

村松英子さんには、三島由紀夫との思い出を語っていただいたり、三島戯曲の名場面を朗読していただいたりした。下の写真は『薔薇と海賊』を朗読するご息女のえりさんと俳優の西岡徳馬氏。

佐波優子さんには、近年の憂国忌ではいつも司会を担っていただく。

「憂国忌」では多くの愛国女史にもご登壇いただいた。写真は川口マーン惠美さん（上）と葛城奈海さん。

「憂国忌」を
支えた人たち

三浦重周氏は長らく三島由紀夫研究会の事務局長を務めた。平成17年12月10日、故郷新潟の岸壁で割腹自決（享年56）。

三浦氏の追悼会には全国から数百人の人々が参列した。

「日本学生同盟」で記念講演を行なう村松剛氏。

森田必勝の実兄、森田治氏。

我が国の行く末に思いを巡らす井尻千男氏。

追悼35年祭で祭主を務めた小田村四郎氏。

憂国忌シンポジウム、公開講座で講師を務めた文芸評論家の佐伯彰一氏。

三島から贈られた書を掲げる
執行草舟氏。

38回「憂国忌」で記念講演された西尾幹二氏。

追悼の挨拶をされる直木賞作家の
中村彰彦氏。

ロマノ・ヴルピッタ氏（元欧州共同体駐日代表部次席代表）は同じ愛国者として三島への同志愛を抱いていた。

39回「憂国忌」シンポジウムに登壇された（左から）富岡幸一郎、西部邁、西村幸祐、杉原志啓の各氏。

「ローマ憂国忌」で記念講演する宮崎正弘（中央）氏。

三島にボディビルを教えた玉利齋氏。

「青嵐会と三島由紀夫」について講演された河内孝氏。

「アメリカ人と三島の秩序」について講演されたケント・ギルバート氏。

航空幕僚長解任直後にお招きした田母神俊雄氏。

ユーモアを交えて左翼偏向したマスコミを批判する高山正之氏。

（撮影：浅野正美、浅岡敬史、鈴木秀壽ほか）

序　三島由紀夫 生誕百年にあたって

「死後も成長し続ける作家」と言ったのは文藝評論家の秋山駿である。

この預言通り、生前すでに無数の三島由紀夫文学論、研究書がでていたが、死後に出版された三島論、評伝、研究書は星の数ほどに無数である。おそらく数千冊、大學紀要などに発表の研究論文は、海外も含めると数万本にのぼるのではないか。

げんに当研究会を訪ねてこられるのは大学生（卒論予定者）や三島ファンばかりか、海外の研究者や翻訳家も目立った。山中湖の三島文学館には書斎と蔵書が移され、毎年の命日には憂国忌が開催されるほか全国各地で追悼のイベント、多磨霊園の平岡家墓苑にも多くが焼香に駆けつける。

五十周年の節目には東大で国際シンポジウムも開催され、海外からの三島研究者、翻訳者が一堂に会した。

英語版の評伝をまっさきに書いたのはスコット・ストークス（元フィナンシャルタイムズ東京支局長）で、ギリシア語訳もでた。またジョン・ネイスンの『三島由紀夫 或る評伝』、フランス人作家のユルスナール女史も三島論を世に問うた。ほかに日本語訳のない外国人の三島本はかなりの数がある。イタリアではレーザ・チェッパローニ・ロッカが編んだ『ミシマ・モノガタリ』も刊行された。

国内の作家で評伝を書いた人も無数、いまも比較的入手しやすいのは石原慎太郎『三島由紀夫の日蝕』、井上隆史『暴流の人 三島由紀夫』、猪瀬直樹『ペルソナ 三島由紀夫伝』、奥野健男『三島由紀夫伝説』、佐藤秀明と執行草舟の諸作、秋津道翁『三島由紀夫の世界 戀と死』、徳岡孝夫『五衰の人 三島由紀夫私記』、西尾幹二『三島由紀夫の死と私』、橋本治『「三島由紀夫」とはなにものだったのか』、平野啓一郎『三島由紀夫論』、林房雄『悲しみの琴 三島由紀夫への鎮魂歌』、松本徹『三島由紀夫の最期』、宮崎正弘『三島由紀夫「以後」』など三部作、村松剛『三島由紀夫の世界』など夥しい書籍がある。

回想録では野坂昭如、坊城俊民、藤島泰輔、村上兵衛、村松英子らが上梓された。父親の平岡梓は『倅・三島由紀夫』を書いた。担当編集者だった櫻井秀勲、小島千加子ら出版社側からの回想録も十冊近い。

三島作品の翻訳はエドワード・サイデンステッカー、ドナルド・キーン、アイバン・モリスらの英訳にくわえてフランス語、イタリア語、ドイツ語からポーランド語、韓国語、中国語など世界三十数カ国語に翻訳された。

個人全集は新潮社から二回、出版された。

また研究誌の白眉は『三島由紀夫研究』が鼎書房から令和六年五月までにシリーズで二十四冊。ドキュメント映画に加えてハリウッド映画『ＭＩＳＨＩＭＡ』は緒形拳が主演した。『午後の曳航』はイタリアとの合作だった。

三島原作の映画は『潮騒』がじつに五回、『音楽』、『金閣寺』、『美しい星』など、演劇舞台では『春の雪』のヒットに加えて、『サド侯爵夫人』、『薔薇と海賊』など、歌舞伎から能舞台にいたるまで毎年、いや毎月、大學演劇部から高校の学園祭まで含めるとどこかで上映・上演されている。三島戯曲の舞台のほとんどは村松英子が主演した。

これほどのスケールと頻度で、作品が読み継がれた日本人作家は稀、紫式部を超えるかも知れない。

「楯の会」関連ではすべての公判を傍聴した裁判記録をＮＨＫ記者だった伊達宗克がまとめた。楯の会学生長だった森田必勝に関しては自著『わが思想と行動』がある。中村彰彦『烈士と呼ばれる男森田必勝の物語』（『三島事件、もう一人の主役』に改題）、保阪正康『三島由紀夫と楯の会事件』、岡村青『三島由紀夫と森田必勝』、犬塚潔『三島由紀夫と死んだ男 森田必勝の生涯』など十冊近い。

また楯の会会員だった村田春樹、篠原裕らの体験記にくわえて、初代学生長だった持丸博は佐藤松男との共著『証言 三島由紀夫・福田恆存 たった一度の対決』を出している。最後の一年間、森田の恋人だった長和由美子は『手記 三島由紀夫様 私は森田必勝の恋人でした』を事件から五十三年後に出した。

三島由紀夫 生誕百年（大正一四〔一九二五〕年一月一四日生）という節目を迎えるにあたり、「百年だから百人で」と、この小冊の準備に入ったのは令和五年秋からである。過去の記録、講演録のデータを探し出すのに少し難儀を要した。

とくに重きを置いたのは過去の研究者がほとんど触れていない三島由紀夫のルーツである。猪瀬直樹の『ペルソナ 三島由紀夫伝』は祖父にあたる平岡定太郎の軌跡を探し当てたが、その先の先祖が水戸の宍戸《ししど》藩と繋がり、また祖母のルーツは加賀の藩儒《はんじゅ》に繋がること、あまつさえ三島の生家を探し当てた紀行も重要だろう。

これらに加味し、過去に三島由紀夫研究会が開催してきた公開講座の記録から従来軽視されがちだった別のアングルの講演録を選んだ。

また憂国忌四十年を記念してのシンポジウム（二〇一〇年、九段会館）は貴重な記録であり、西尾幹二、井尻千男、遠藤浩一、桶谷秀明の四人のトークをダイジェストしてまとめた。

パリとローマで開催されて憂国忌の概要も知らない読者が多いため再録した。ほかにもミシガン大學では追悼会を兼ねたサイデンスティッカー講演会に大雪にもかかわらず立ち席がでるほどの盛況だった。在留邦人が自然発生的に集まった「ニューヨーク憂国忌」の報告も当会に寄せられたが、紙幅の都合で割愛した。

かくしてこの小冊へ各界からの寄稿も多士済々、巻末の資料もこれからの研究の参考になるものを選択した。

三島由紀夫研究会幹事会

玉川博巳（代表幹事）

菅谷誠一郎（事務局長）

浅野正美（副代表幹事）

佐々木俊夫（同）

田村　誠（幹事）

鈴木秀壽（同）

目次

第四章　「憂国忌」シンポジウムの記録　155

［資料4］

第一章　百年という節目

日本人の精神の核

対談 村松剛・黛敏郎

村松剛　三島由紀夫にとって神風連が演じた役割ですね。あれはひじょうに大きい。いままでにも指摘されてきたことですけど。

神風連に三島さんが関心を持ったのは『奔馬』からですが、彼が最後に書いた芝居が『椿説弓張月』です。国立劇場で楽の日に私も行きました。三島由紀夫夫妻も来ていましてね、そのときに『この為朝は、いったい何だか分かるか』と訊くのですね。ぼくはそのとき無責任な返事をしたと思いますが、『ヤマトタケルノミコトか』と言った。というのは、当時、三島由紀夫は『古事記』ばかり読んでいましたし、ヤマトタケルノミコトは白馬に乗って昇天するでしょう。そういうところもヤマトタケルに似ている。しかし、これは安易な解釈でして、それでは物語の筋は通らなくなる。三島由紀夫はそのときにね、『為朝は神風連なんだよ』と言った。つねに純粋さをめざして、そしてつねに合戦の場には間に合わず、崇徳天皇への孤忠をまもっていった人物ですね。『椿説弓張月』は『豊饒の海』四部作をのぞけば、三島さんの最後の作品です（中略）。その間にね、彼は防衛論をいろいろ書いているわけです。最初が『文化防衛論』で、国を護るとは何か、結局文化以外にはないんだということを言っているでしょう。次にそれをもっと凝縮して二・二六事件について書いた『道義的革命の論理』。文化ということは道義の問題に帰着するという主張です。その次が『変革の思想とは何か』という論文で昭和四十五年の正月に書いたものです。ここでは剣道の掛け声について書いているのです。連合軍が剣道の掛け声を禁止したのは賢明で、あそこには日本人の魂の叫びがこもっている。これを知識人は馬鹿にするけれど、それも当然であって、いわゆる近代合理主義のヒューマニズムを叩きつぶすような声だと言っているのです。これは、それ以前の三島由紀夫からは絶対に出てこない言葉なんですね。

黛さんが深く付き合われていた頃の三島は、そういうことが大嫌いだったし、僕がつきあいはじめた頃の三島もそうだった。そういうものに対する罵倒を彼はしょっちゅう口にしていました。晩年の三島由紀夫とはまったく違う。

知識人の任務はその掛け声を叫び続けることであって、そのために死ぬことがあってもかまわないと言い出す。そして十一月のあの最後です。彼が掛け声という言葉で言おうとしたのは、日本人の精神の核の問題ですね。文化から道義、道義から叫び……。そこまで行ってしまえば大衆社会のぬるま湯の中で適当なつきあい方というのは、もう不可能でしょう。三島由紀夫という人は文学の世界が生み出した珍しい大衆社会のヒーローの第一号ですね。第二号は石原慎太郎だと想うけれど……。

だからあの時期までの三島由紀夫はそういう大衆社会とのつきあい方を心得ていました。しかし神風連の叫び、剣道の叫び、そういう一点に凝縮された叫びを求めはじめた彼にとっては、もう大衆社会のぬるま湯は耐えられないという気持ちになっていた。

黛敏郎　そうですね。私の気持ちも煎じ詰めるとそうなりますね。三島さんは、あの鋭い頭で五年先、十年先の日本がどうなるかという確固たる見通しを持っていた。だからああいう行動に出られたんで、いま生きていたらと考えることはやはり無理でしょうね。（中略）先日ある政治家の会合に講演を頼まれて行ったのですが、その会合にね、亡くなる三カ月くらい前に三島さんが来られて講演をされたそうです。そのときの録音テープが保存してあったので聞かせてもらったのですが、三島さんはたいへんいい話をしているんですね。

政治というものは、あくまでも結果の善し悪しで評価されるべきもので、言うなれば結果責任である。ところが政治の専門家でもない自分のような人間が、政治や思想問題について何かを言ったり考えたりした結果が他人に影響をあたえたとするならば、それは芸術家として言ったのではないから芸術家としての自分は責任をとらなければいけない。しかし自分は政治家じゃないから結果的に責任をとるわけにもいかず行為で責任をとることになる。つまりそれは腹を切ればいいことなのだ、とまぁこんなことをいわれているんですね。

この対談は憂国忌第三回追悼会記念冊子のために昭和四十七年十月十九日に行われたものの抄録です。文責は編集部にあります。

三島由紀夫の「演劇の河」

対談 村松英子・松本徹

司会（浅野正美）　本日の三島由紀夫研究会公開講座はたいへんユニークな催しです。三島演劇の殆どの作品でヒロインをこなされた女優の村松英子さんをお迎えして、文藝評論家で前の三島文学館館長を務められた松本徹先生が多角的な質問をされるかたちで、対話をすすめながら話題となる名場面のスライドも同時に鑑賞しながら進行します。

村松英子さんの略歴を簡単に紹介します。文学座での初舞台は「女の一生」（杉村春子氏の娘の役）でした、文学座の「喜びの琴」上演をめぐる分裂騒ぎで三島、中村伸郎、松浦竹夫らと退団され、一時、劇団雲に籍を置かれるものの三島さんが結成した劇団NLTに加わり「班女」「サド侯爵夫人」（夫人の妹アンヌ）、V・ユゴー作・三島潤色「リュイ・ブラス」「鹿鳴館」「朱雀家の滅亡」

等に主演されました。昭和四十三年に三島さんがNLTを退団、松浦竹夫らと浪曼劇場を創設し、村松さんも移籍され、「サド侯爵夫人」の夫人ルネ、「癩王のテラス」では第二王妃。V・サルドゥ作・三島監修「クレオパトラ」、「薔薇と海賊」の楓阿里子役で主演されました。或る批評家は「村松は三島戯曲では貴重な女優であり、三島の育てた女優と言えよう」と評価しました。現在、村松英子さんは「サロン劇場」を主宰されています。

松本徹先生は三島評伝を何冊も書かれ、代表作の『三島由紀夫の最期』など多くがあります。「憂国忌」の代表発起人のお一人でもあります。松本徹作品集は全六巻、鼎書房から刊行されています。では以後の進行を松本先生にお願いします。

松本徹　最初に三島由紀夫さんが書いた芝居を見たのは私が記者時代、大阪にいたものですから毎日会館で行われた『鹿鳴館』でした。右端の席がざわざわするので何だろうとおもったら、三島さんが出ていた。あの作品はトップクラスですね。そして『サド侯爵夫人』が続きます。三島さんは「村松英子さんのことを念頭に『サド』を書いているよ」と仰言っていたとか。

村松英子　それを言われた時、演じていた『班女《はんじょ》』は近代能楽集のなかの一つですが、御自分の能楽集中、「一番出来が良い」と仰言った。三島先生は或る時から芝居を書くときはご自分で台詞を口に出しながら書くようになったそうで、「班女」は台詞が言いやすいのです。恋人をじっと待つ物語ですが、待っている裡に勝手に印象《イメージ》が膨らんでしまって本人が現れたときは自分が描いてきた人と違うと言って、肘鉄を食わせる。「この芝居は〝肘鉄の英子〟にぴったりだ。こんどこれに似た芝居を書くからね」と仰言って（笑）。それが「サド侯爵夫人」だったのです。

「肘鉄」を言われた理由ですが、三島作品の「喜びの琴」が突如、上演中止になって、それが文学座の分裂騒ぎに発展します。

その前に劇団「雲」が分裂。その後の文学座を三島先生が支えていらした。「喜びの琴」上演中止事件は、理由が劇団にイデオロギーは持ち込まないとした文学座のモットーから外れたためで三島先生は訣別。私は文学座にたいへん大事にして頂き、杉村春子先生はじめの方々が随分ひきとめて下さったけれど、「生き方」の問題だと思い詰めて泣く泣くやめたのです。その後、他からのお誘いも受けられない事態が続いたため、三島先生に「肘鉄の英子」と言われたのです。

「班女」も「サド侯爵夫人」も、待って待って最後は肘鉄です。これは実話だそうですが、サドが獄中にあったとき献身的に尽くした夫人が、革命がおきてサドが釈放となって屋敷へ戻ってくると侯爵夫人は「もう決してお目にかかることはありますまい」と最後に肘鉄。彼女は修道院に入るのです。

ただし「いまは若すぎて不利だから妹のアンヌから始めよう。いずれ夫人ルネをやって貰う」と。

その言葉どおり四年後に夫人ルネを演じました。新聞評でも大成功で、先生は驚くほどの大喜びでした。

松本　これまでの日本の芝居は生活をそのまま移すことが主流でしたが三島さんはそうした傾向を避けて台詞を中軸に構成された芝居を書いた。たとえば女性同士が台詞で火花を散らすなど浄瑠璃や歌舞伎をのぞいて日本では殆ど無かったでしょう。ですから近代演劇で三島作品には革命的な意味があった。途中から三島さんは女優村松英子を見いだして「英子を念頭においてサド侯爵夫人を書いた」と言っていますね。「英子の口から発せられる台詞を考えながら書いた」と。どうしてそのような風になったのでしょう？

その頃、ドナルド・キーンさんが『近代能楽集』を英訳されて国際的に注目を集めはじめました。

村松　「台詞を大事に美しく書く」ということが、三島先生の演劇への基本姿勢だからだと思います。劇団のプログラムにもモットーとしてお書きになっています。先生は「鹿鳴館」は若気の至りで、台詞以外にも、たとえば御徒町のショーウィンドーのように劇作家のスキルを沢山並べたけれど、「サド侯爵夫人」と「わが友ヒットラー」とでは大事な商品をひとつかふたつ並べるように洗練された作品になり、この二つが劇作中一番良い」と仰言った。先生はデクラマシオン（朗謡。台詞を歌い上げる）を日本の現代劇に活かそうと努力なさった。というのはフランスでも。英国のシェイクスピア劇でも大事にしている、その台詞朗謡の伝統が日本の現代劇にはないので。

三島先生が最も重んじた能は、古今集、新古今集の、日本語が一番美しかった伝統を台詞に活かしている。でも新劇には台詞の美しさ重視がないということです。先生の没後、フランスの国営ラジオがインタビューに来ました。私が詩を書くことをしらべていて、私の詩を二編フランス語で読んでください。つぎに三島先生の「サド侯爵夫人」の一番好きな台詞を日本語で読んでほしいと言われた。

それで二幕目で妹アンヌに語る「幸福というのは何と言ったらいいでせう。（中略）刺繍をやるやうなものなのよ」という美しい長ぜりふにしました。終わった後、スタッフたちはしばらくシーンとしていて、それから割れるような大拍手。目に涙を浮かべて。大成功だった「サド侯爵夫人」上演の初日、山場の二幕目の幕が下りたあとの観客と同じ反応でした。そして口々に感動を伝えて贈り物まで手渡してくれました。フランス人はなんて感度良好だろうか。日本語がわからなくとも台詞の美しさに感動したのです。私は三島先生の美しい台詞を誇らしく思ったものです。

松本　三島さんにとって村松英子さんはなくてはならない女優さんだった。日本では生活の有り様の台詞が多くても、さきのような台詞はかならずしも必要とはされず歌舞伎は歌い上げる台詞ですが、しかも三島さんは小さい頃から歌舞伎を観劇してきたので芝居にのめり込んだ。ふるいものでも日本の近代演劇にちゃんと残った。

村松　兄（村松剛）の友人で私も親しかった遠藤周作さんに若い頃、言われたことが印象的でした。「日本では『その大根、いくら』とか『今日のおすすめの魚は』などの日常生活の台詞が上手な女優は沢山いるが、『人生は悲しい』と言える女優が余りいない。本当の演劇とはそういうものなのだが。英子ちゃんは、人生を語れる女優になっておくれよね」。

――三島先生のヒロインは、まさに人生を語るヒロインです。等身大の人間よりも大きいとおもって演じた方が良くて、「台詞の肉体化」つまり「観念の肉体化」ということが必要でした。

私が三島作品に出演した三作目は先生が潤色の『リュイ・ブラス』（V・ユゴー作）でしたが、ヒロインの王妃役で第一回紀伊國屋演劇賞個人賞を頂きました。先生は大喜び。長ぜりふの多い芝居でしたから、それで先生は二九歳の私に十八、九歳の息子がいる「鹿鳴館」を演らせることにしたようです。

写実も大変大事です。「鹿鳴館」のヒロインは元芸者の伯爵夫人。芸者の頃、左褄《ひだりづま》をとっていたけれど、結婚したので右褄で登場。先生に「英子はデコルテは安心だが、元芸者の部分を学んでおいで」と新橋の無形文化財の女将の所へ送り込まれて通いました。「芸者が左褄をとる時は、殿方が戦場に赴くのと同じ」とか、「色気というのは余裕から生じる」など一緒に動きながらの賢い教え方に感銘を受けました。

「英子は新橋へ行ってからよくなった」と三島先生はご機嫌でした。「鹿鳴館は自衛隊ならレンジャー部隊のようなもの。これで後は怖いものはなくなるよ」と仰言いました。

またご指摘のように三島先生は「朱雀家《すざくけ》の滅亡」も英子を意識して書いたと仰言っていました。

松本　あれは思想的にも色々と批判がありましたが。敗戦後の日本の有り様、運命の甘受を独自の形で示したのが「朱雀家の滅亡」でしょう。「英霊の声」と天皇観が違う。聖徳太子の憲法に「承詔必勤」という戦前ならで誰でも知っていた語彙を現代日本人が忘れている。しかし敗戦後、日本は残った。苦難をくぐり抜けたという思いが三島さんの執筆動機にあったと思う。

村松　遺言のような芝居ですね。ヒロインの瑠津子は三島先生の亡き御妹様の美津子さんと一字違いですし、「先生のノスタルジーですね」と伺うと「そうだよ」と優しく微笑まれました。ヒロインが、婚約者を死なせることになったその父親に向かって。「滅びなさい、滅びなさい。今すぐこの場で滅びておしまひなさい」と迫ると、「どうして私が滅びることができる。夙《とう》の昔に滅んでゐる私が……」というのが「朱雀家の滅亡」の幕切れです。「美しい日本」の滅びを語っているような。この父親（朱雀家の当主）は天皇の代弁者のような役割になっています。天皇と言えば、或る時、朝日新聞が三島先生にインタビューを申し込み「時間が無いので新幹線のなかで」と、車中でのインタビュー取材がありました。たまたま臨席した私も聞いていたのですが、記者が最後に三島先生に「天皇制」について聞くと「私が帰依しているのは南朝ですから」と言われた。

あとで私が「先生、私、後醍醐天皇は嫌いなのです」というと、「後醍醐、あれは気がオカシイ」とお笑いになった。「天皇個人には興味が無い。天皇制が大事で日本文化の要である、ということのようです。最後の檄文にも自衛隊が守るべきは日本文化であると結語してます。

松本　「癩王のテラス」は精神と肉体を芝居にしてされていますが、肉体の勝利を唱っています。

村松　精神と肉体の対立、そして肉体の勝利は、小説『禁色』以来の先生のテーマですね。私は「癩王のテラス」の第二王妃で皆に愛される役を頂きましたが、めずらしく辛抱役で大変だったのを記憶しています。

すぐ後が先生の監修、V・サウドウ作の「クレオパトラ」でした。稽古中から先生は大満足。

──先生は常々「ヒロインは能のシテ役のように演じて」と仰言り、「朱雀家の滅亡」の時に能の先生（人間国宝）に紹介されたほどです。

松本　能のシテですか、なるほど。

村松　フランスの高級新聞『フィガロ』に、「あなたの文学のエロスは何?」ときかれたときの先生の答えが忘られません。「私の文学のエロスの井戸に棲む蛇は、日本の能楽です」と。

能楽は十九世紀末の西欧の演劇に、絵画以前から影響を与え、ジャポニズムのはしりになったとか。先生には能の様式や台詞の美しさの他に、武家の文化（スポンサーが将軍家などの武家）である事が、重要だったのではないか、と思います。晩年の先生は、武士であることを強く意識しておいでしたから。

松本　最後の「薔薇と海賊」も村松さんにとって特別な作品でしたね。

村松　はい。先生ご自身の最後の台詞を言うことになったのですから。昭和四十五年十月〜十一月公演は、かつて文学座で上演した「薔薇と海賊」を再演。そして「翌年の正月公演はO・ワイルドの『サロメ』にする」と仰言った。「『サロメ』は全裸の場面があるので、英子には演《や》らせないから」と準座員以下の若手からビキニ姿のオーディション。分厚い演出ノートを若い演出家に託したのです。

「薔薇と海賊」のヒロインは流行童話作家で生活を犠牲にして純粋な夢を紡いでいる。そこへ彼女の童話の主人公は自分だと思いこんでいる白痴の青年がとびこんでくる。プラトニックな恋が生まれ、最終幕で二人は童話の登場者たちに囲まれて結婚式をあげる。「夢をみているのでは」という青年を安心させた後、彼女は言う。「私は決して夢なんぞ見たことはありません」。そして幕。

「薔薇と海賊」の地方公演も終わった二日後に先生は亡くなりました。

――その時、この作品の上演の意味がわかりました。あの最後の台詞は先生の台詞だった。

「夢なんぞ見たことはない」の台詞の余韻のなかで、夢を追うような激しい先生の死。死後の「サロメ」では、預言者ヨカナンの首が銀盆に乗せられて登場する。

――ご自身の死をはさんで、この二つの芝居を上演することは先生の演出だったのです。

稽古中、先生に「このお芝居、先生の青春のうたですね」というと、「そうだよ。最近ますます何て世の中は海賊ばかりだろうって思うよ」と仰言った。「薔薇と海賊」は「心の観念の青春」。先生の大好きだったO・ワイルドの『サロメ』(日夏耿之介訳)は「肉体の官能の青春」。バランスを好む先生が「二つの青春」の間に御自分の「死」を置く演出でした。

松本　「薔薇と海賊」の初日の上演中、三島さんが泣いたと聞いてますが……。

村松　はい。前日のゲネ・プロ（最終リハーサル）と初日と続けて。二幕目の終わりに青年が海賊（俗物）達に力の源の薔薇の短剣をとりあげられて傷つき、励ますヒロインに「（夢の）王国なんてなかったんだよ」と絶望的な台詞を言う二幕目の幕切れで。ゲネ・プロでは客席で観ていらしたので、涙が皆にわかったのです。初日には舞台の袖で号泣なさった……。

——最後に。亡くなる時期を先生は森田必勝という人に急かされて無理心中するとまで言われて早めたと聞きました。個人的に残念なのは私をイメージした戯曲が、シーンの情景まで浮かんでいたのに幻の作品になったこと。

もっと大きく残念なのが、藤原定家を小説に書きたいと仰言っていたのに果たせなかったことです。

定家が編纂した『新古今和歌集』には先生も影響を受けたことが知られている。もしこの小説が実現していたら、文学史に大きな足跡を残したはずでしたのに。

この対談は令和六年七月四日に開催された「三島研究会公開講座」のダイジェストです。ふたりの話はスライドをはさみながら二時間以上も熱演が続き、満席の会場を沸かせました。文責は編集部にあります。

第二章　三島由紀夫のルーツ

三島由紀夫の生誕地発見の旅

佐藤　秀明

三島由紀夫の生誕地が長らく分からなかった。二〇一四年に、ほんの気まぐれで若い研究者の田村景子氏を誘って初めてこの辺りに足を踏み入れてから、何度もここを訪れた。「ここ」というのは、年譜に記されている旧「四谷区永住町」辺りである。本稿は、三島の生誕地についての調査結果の報告である。しかしこの報告が、そこに住む人たちの迷惑になるかもしれないと気になっている。そこで本稿では、現在のその場所を明確に指示するのは避けようと思う。とはいえ、本稿と現地とを照合すれば、場所が分かるようにはしておく。また、迂路にはなるものの、検証の過程も示しておきたい。それにもいくらかの意義があると考えるからである。

三島由紀夫のテキストには、三島独特の華麗で硬質な文体が形づくるバーチャルな世界が開けているのだが、そこには実体を伴う記憶が籠められているはずなのである。ことばが形づくる仮象を、再度現実の都市空間の歴史に着地させて、幼年期の感受性を育んだ環境の一端を再現してみようというのが、本稿のもう一つの目論見である。

大抵の年譜では、三島由紀夫＝平岡公威《きみたけ》は、東京市四谷区永住町二番地、現東京都新宿区四谷四丁目二十二番に生まれたと書かれている。永住町二番地の家は自宅で、公威は、母倭文重《しずえ》の実家橋家でも産院でもなく、倭文重の嫁ぎ先で出生した。「――かうして私が生れたのは、土地柄のあまりよくない町の一角にある古い借家だつた」と『仮面の告白』（河出書房、昭和二四年七月）にはあり、家の内外の描写が続く。小説より信頼度の高いのは、父平岡梓が書いた『倅・三島由紀夫』（文芸春秋、昭和四七年五月）で、そこには「倅は大正十四年一月十四日の晩、四谷永住町の自宅で生れました」という記述がある。

しかしそれが、現在のどこに当たるのかを知る人がいないのだ。「四谷四丁目二十二番」は範囲が広いのである。三島が自決した後、楯の会の制服を着た人が、現在四谷四丁目の町会長をしている坂部健氏の自宅を訪ねてきて、「お宅が三島先生の生誕の地なので、碑を建てさせてほしい」と言ってきたことがあったそうだ。昭和二十一年に転居してきた坂部氏は、場所を特定する根拠が曖昧なので断ったという。

山岡鉄舟を研究し、町の歴史にも詳しい坂部氏も、三島の生誕地がこの近くだと知るだけだった。

NHKが三島由紀夫の番組を制作する際に、生まれた家を教えてほしいと訪ねてきたとも坂部氏は言った。結局分からず、近辺の風景を説明もつけずに写していたが、それは筆者も見ていて、どの辺りの風景なのかを理解した（「昭和の虚無を駆け抜ける――三島由紀夫」Eテレ、二〇一五年一月二四日放送）。同時に、一度会ったことのある担当ディレクターの梅原勇樹氏も分からなかったのだなと思った。

区立新宿歴史博物館で尋ねても、埒が明かなかった。三島由紀夫を研究している友人知人に聞いても、知っている人はいなかった。むろん、三島が生まれた場所を特定できたからといって、三島の作品や思想が深く理解できるわけではない。所番地だけ分かっていればよいのだ。それでも、いま調べておかないと、分からぬまま忘れられてしまうのではないかと思われた。

ただ、安藤武氏の『三島由紀夫の生涯』（夏目書房、一九九八年九月）が、次のようにこの界隈を描写していて、それには舌を巻いた。安藤氏は独特の調査能力を持っていてすぐれた報告をものする人だが、しかし、どうしてこのような細密な事実を得られたのかが不明であるし、またいくつかの誤りも含まれていて、率直に言ってすべてを鵜呑みにはできない。やや長くなるが必要な部分を引用しよう。

> 三島由紀夫は都会っ子であった。
>
> 生まれは四谷駅方面から来て甲州街道大木戸新宿四谷四丁目の交差点右一つ手前の横丁角で、

馬面《うまづら》の女が馬肉を売っているところを曲がる。道を挟んで両隣にやり手の老婆が営業している木賃宿が並び、その宿は新宿界隈で夜の商売をしているゲイ・ボーイの定宿で、一種の男娼窟《だんしょうくつ》を形成していた。その横丁は学習院初等科を卒業するまでの通学路であった。中等科にあがると同時に渋谷大山町に転居したが、祖父母は引っ越さずにいた。三島は祖母の言いつけで週末には祖母の家に泊まりに行っていた。色白の可愛い美少年の彼は、その道を通るたびに男娼に冷やかされたりしたのではないだろうか。

その頃の地元の人達はこの横丁を豚屋横丁《ぶたやよこちょう》と言っていた。風が吹けばゴミが舞い上がり、雨になれば道はぬかるみ、横丁に並ぶ住居は傾き、建物も朽ちるに任せた。その豚屋横丁の中頃の狭い急坂の路地を左に折れた奥に二《ママ》階建ての借家が平岡家であった。この一角は四谷永住町二番地で田安家のお屋敷町であった。現在は落ち着いた商店街がある田安通りは四谷四丁目二二番地である。昔日の町並みはないが戦争中に建った緑色の屋根を持つ古い木造二階屋の建物の一部を見ることができる。これが三島由紀夫の原風景であった。

著者には失礼ながら、まず誤りを指摘しておきたい。平岡家は、公威が学習院初等科三年生に進級する前に（昭和八年三月から四月初めにかけての時期に）、ここから四谷区西信濃町十六に転居している。戸主は祖父の平岡定太郎《さだたろう》で、一家を挙げての転居である。したがって公威が永住町にいたのは、誕生から八歳までとなる。さらに祖父母は同年八月に、息子梓の家から二、三軒離れた家(番地は梓の家と同じ)に引っ越し、公威は祖父母の家に住むことになる。両親が渋谷区大山町十五番地の家に転居し、公威を引き取るのは「中等科にあがると同時に」(安藤武氏)だが、毎週一回泊まりに行った祖父母の家は永住町の家ではない。

四谷四丁目二十二番地が、徳川家御三卿の一つである田安家の別邸跡だったこと、また、甲州街道のここには四谷大木戸が置かれ、江戸に入る人や荷物が検《あらた》められたことは知られている。この界隈を「豚屋横丁」と呼んでいたのは、町会長の坂部健氏も知っていた。豚肉と鶏肉を商う店があったためであるという。豚や鶏は馬肉とは一緒に扱わないから、あえて「豚屋」と言った。木賃宿もあったという。坂部氏の記憶は戦後のことだが、正月には木賃宿に漫才師が宿泊していたという。「ゲイ・ボーイの定宿」もありえたかもしれない。「土地柄のあまりよくない町の一角」という『仮面の告白』の記述は、露悪趣味でも朧化《ろうか》でもなかったようだ。しかし、新宿通りから奥に入った住宅地には、官《かん》吏《り》である平岡家や医者、軍人、著名な音楽家が住んでいたから、懶惰《らんだ》な場末といった場所ではなかった。この辺りは、昭和二十年五月二十四日の空襲で焦土と化し、戦争中に建った家が残っていたとは考えられないと坂部氏は言う(のちに名前の出て来る鈴木武徳氏もそう言っていた)。幸いなことに、戦中戦後を経ても、道路や路地はほぼ戦前の地図のままに残っている。

さて、「その豚屋横丁の中頃の狭い急坂の路地を左に折れた奥に二階建ての借家が平岡家であった」というところが肝心だ。「左に折れ」る「路地」はいくつかある。「左」つまり西に下る坂ではあるが、どれも「急坂」とは言えない。それにしても、何をもとにして「横丁」（田安通り）の「中頃」の「坂」になっている「路地」を「左に折れ」ると確定したのだろうか。この路地の「奥」に平岡家があったと書かれているが、『仮面の告白』に書かれたように、練兵から帰る兵隊が「門前」を通ったことを考えれば、この家の敷地は田安通りに面していたように思われるのだが。

というわけで、安藤氏の精細な記述にもかかわらず、腑に落ちない点は残っていた。そんなとき、『週刊新潮』の「掲示板」に何か書きませんかと誘われ、次のような短文を載せてもらったことがある（二〇一六年三月二四日）。

三島由紀夫の生誕地／佐藤秀明　本誌「掲示板」には、かつて三島由紀夫も寄稿しました。新潮新書『三島由紀夫の言葉 人間の性《さが》』を編んだので覚えています。ところで、三島の生誕地がはっきりしません。現・新宿区四谷四丁目二十二番。新宿通りから北に成女学園の方に入った辺りです。大正一四年から昭和八年までいました。本名は平岡。「坂の上から見ると二階建であり坂の下から見ると三階建」（『仮面の告白』）の大きな借家でした。坂は花園町方向へ下りる坂です。間接情報でも構いません。御教示を。

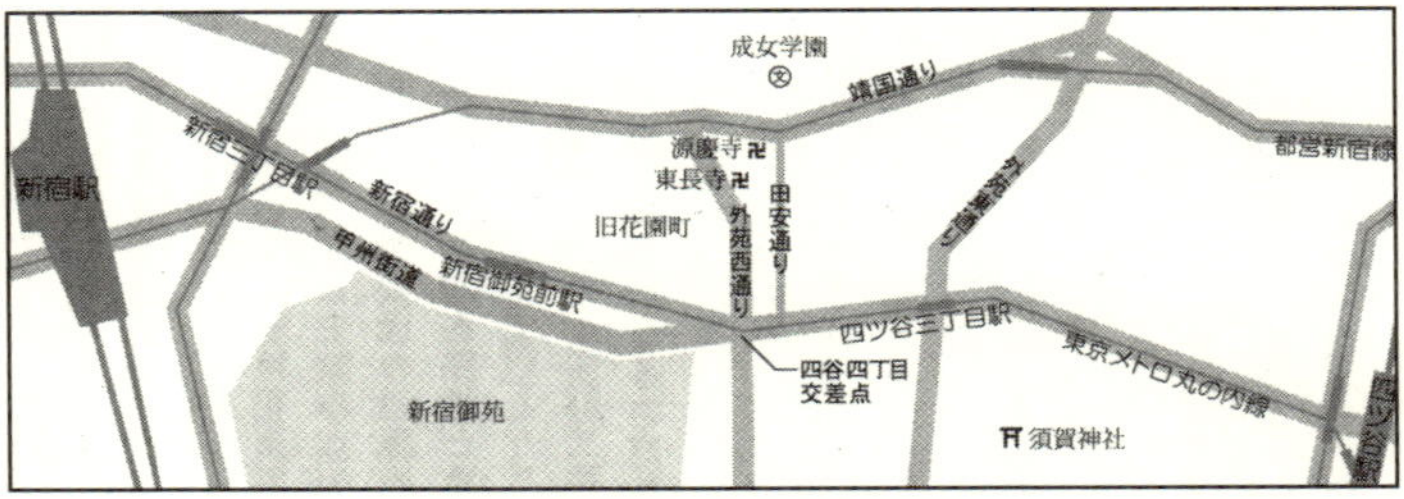

図1 現在の四谷四丁目周辺

ここに書いた「坂は花園町方向へ下りる坂です」という一文は、三島の文章を読み、何度もここを歩いた経験からそう判断した。安藤武氏の「豚屋横丁の中頃の狭い急坂の路地を左に折れた」とある路地と重なるのだが、今ではそれは誤りではないかと考えている。この点については後述する。

では、かつての永住町二番地と現在の四谷四丁目二十二番はどういう関係になるのだろうか。『新宿区地図集』（新宿区教育委員会、昭和五四年三月）に、大正元年発行の「四谷区全図」（森寺勇吉編纂、博文館）があり、永住町二番地の場所が分かる。同書所収の昭和十六年発行の「四谷区詳細図」（地形社編、日本統制地図）にも永住町二番地の番地が記載されており、両方の地図を見比べると町名番地に変化はない。現在の地図で言うと（図1）、新宿通りを新宿駅から四谷駅に向かって東に行き、新宿御苑を右（南）に見て過ぎたあたりに外苑西通りと交差する「四谷四丁目」の交差点があり、そこから二十メートルほど行ったところに「四谷四丁目」のバス停がある。最寄りの駅は、地下鉄丸ノ内線の「四谷三丁目」である。駅を出て、今の説明とは逆に新宿通りを西に行った

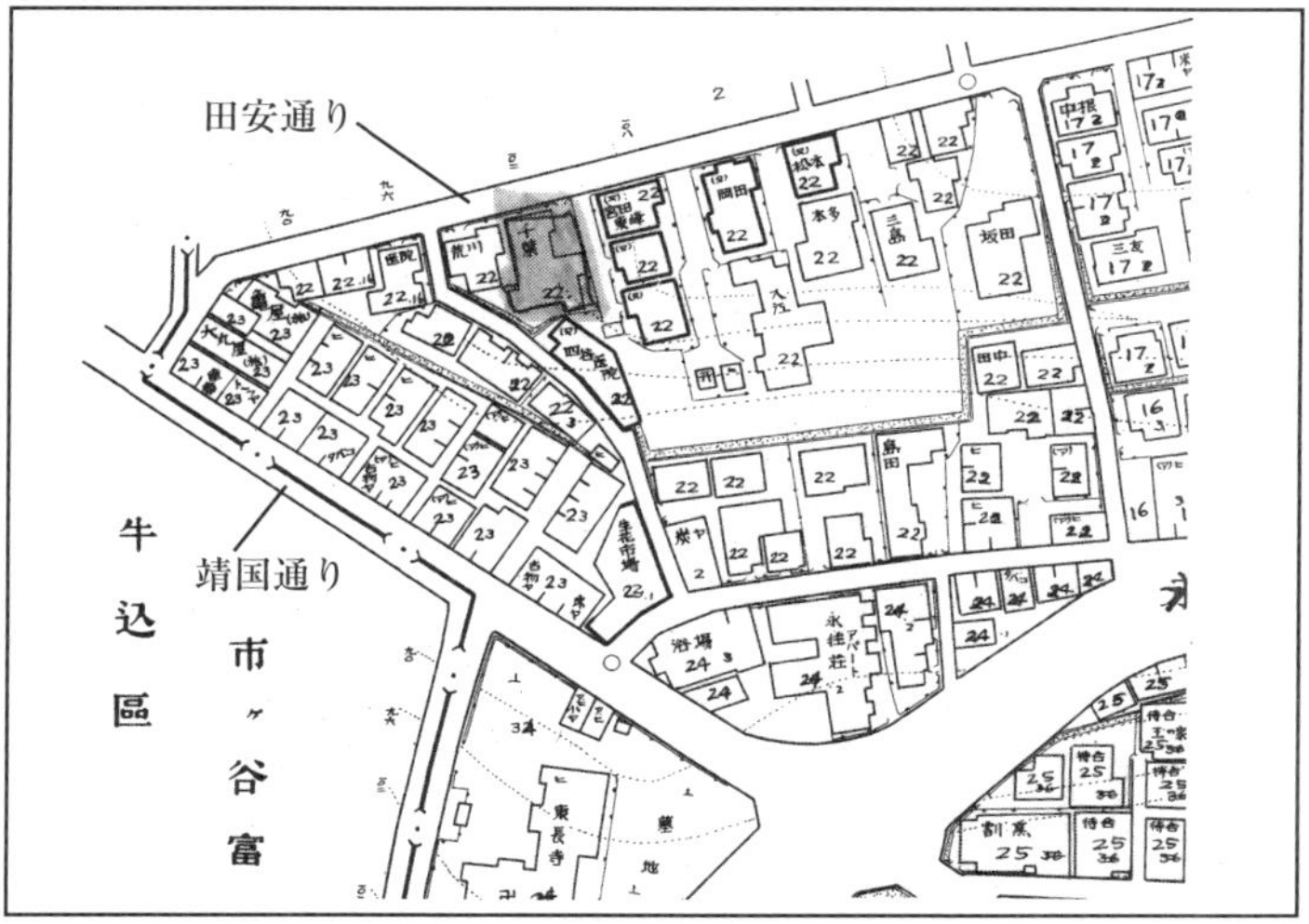

図2 四谷「沼尻地図」（新宿歴史博物館所蔵）

ところである。そのバス停近くの細い道（田安通り）を北へ向かって入って四百メートルほど行くと靖国通りにぶつかり、その先に成女学園中学・高校がある。かつての永住町二番地は、新宿通りの市電の停留所（現在のバス停）から入って一区画を過ぎた道の両側であり、靖国通りの手前あたりまでの一帯であった。

年譜に書かれる現新宿区四谷四丁目二十二番は、図2の地図で確認することができる。この地図は、新宿歴史博物館所蔵の「沼尻地図」と呼ばれている住宅地図で、「昭和十二年四月実測　吉本金一／昭和十五年六月第一回修正　沼尻」という注記があり、都市製図社が作製したものである。それによると、各家に「22」の数字が付された一帯が四谷四丁目二十二番に当たり、永住町二番地の一部で、新宿通りから北に入って来た田安通り（地図の上方＝東の通り）の西側であることが分かる。四丁目二十二番には、三十七軒の家や商店や医院があり、三島の生まれた平岡家は、ここのどこかにあったと絞られるのである。この地図の下方（西）にある大きな交差点は、現在では外苑西通りの大木戸坂下の信号のある交差点で、北の隅にある亀屋、大丸屋などの先（北）は、拡張された靖国通りの富久町の交差点で、この交差点を歩道橋で渡ると成女学園中学校・高校がある。

「三島由紀夫の生誕地」と書いてきたが、その家は、樺太庁長官を務めた祖父の平岡定太郎の家である。定太郎は、いつからここに住んだのであろうか。先に答えを言うならば、おおよそ大正八年からである。というのは、『日本紳士録』大正八年三月三十一日の第二十三版における平岡定太郎の住所は「麹町富士見二ノ四」で、同じく『日本紳士録』大正八年十二月三十日の第二十四版（この年の『日本紳士録』は、二度出版されている）では、「四谷永住二」に変わっているからである。記載のための調査から発行までの期間を考慮に入れねばならないが、平岡家がこの家に入居したのは、大正八年頃と見て間違いあるまい。

当時の定太郎がどういう境遇にあったかというと、『仮面の告白』には「その（「私」の誕生の――引用者注）十年まへ、祖父が植民地の長官時代に起つた疑獄事件で、部下の罪を引受けて職を退いて」と書かれている。樺太庁長官は、大正三年六月五日付けで依願免官となっていた（「樺太日日新聞」大正三年六月七日）。「私の家は殆《ほとん》ど鼻歌まじりと言ひたいほどの気楽な速度で、傾斜の上を辷《すべ》りだした。莫大な借財、差押、家屋敷の売却、それから窮迫が加はるにつれ暗い衝動のやうにますますもえさかる病的な虚栄」。おそらく麹町の家は持ち家で、それを売却して「暗い部屋がたくさんあ」る「古い箪笥のやうにきしむ家」に引き移ったのである。当時の定太郎の肩書は、大正八年三月の『日本紳士録』では「日本牡蠣、南洋製糖各（株）代表取締役」、同年十二月では「蓮華鉱山（合）代表」となっている。『仮面の告白』に言う「祖父の事業慾」が窺われる肩書である。

三島が「鼻歌まじりと言ひたいほどの気楽な速度で」と書いたのは、家族の危機を「鼻歌まじり」に感じていなかったことを表しているのだろう。精いっぱいの強がりを籠めたからこそ、祖父から三代目の「気楽」さを衒《てら》うことができたのだ。むしろここに読みとるべきは、孫にも伝播した深い屈託であり、その重苦しさがこの家を居丈高で暗い家として表現させていると見た方がよさそうである。三島の生家の外観は、このような心情を差し引いて受けとめなければならない。

大正八年からの住まいとなると、大正九年七月に東京帝国大学法学部を卒業し、農商務省に入省した梓は、この家から大学に通い、官吏生活をスタートしたことになる。そして、梓は、大正十三年四月十九日に橋倭文重と結婚し、この家に十九歳の花嫁を迎え、翌年一月十四日には第一子・公威の誕生を見たのである。第二子・美津子は昭和三年二月二十三日の誕生、第三子・千之は昭和五年一月十九日の誕生なので、三人の子はともにこの家で生まれた。一人息子の大学卒業、就職、結婚、孫の誕生を経て十四年住んだこの家は、当主の定太郎と妻の夏子にとっても思い出深い家だったにちがいない。『仮面の告白』には「古い借家だつた」と書かれていたが、この家は、関東大震災にも耐えたのである。

では、この家は、沼尻地図にある三十七軒の家のどこになるのであろうか。それを検証する前に、三島由紀夫の作品をもとに、この家と地所の様子を見ておこう。三島の生まれ育った家については、『仮面の告白』のほかに「紫陽花」（生前未発表、「昭和十五年一月三日」の日付がある。『決定版三島由紀夫全集』第二六巻に収録）、「童話三昧」（生前未発表、「十五、三、一四」の日付がある。『決定版三島由紀夫全集』第二六巻に収録）、「私の永遠の女性」（「婦人公論」昭和三一年八月）に書かれている。『仮面の告白』には、こう書かれている。

こけおどかしの鉄の門や前庭や場末の礼拝堂ほどに広い洋間などのある　坂の上から見ると二階建でありながら坂の下から見ると三階建の　燻《くす》んだ暗い感じのする　何か錯雑とした容子の威丈高な家だつた。暗い部屋がたくさんあり、女中が六人ゐた。祖父、祖母、父、母、と都合十人がこの古い箪笥《たんす》のやうにきしむ家に起き伏ししてゐた。

まず注意しておきたいのは、「坂の上から見ると二階建でありながら坂の下から見ると三階建」という外観である。同様のことが「童話三昧」にも書かれている。「わたしの生まれた家は坂の上にあって、下り坂の途中から曲る小道にまたがつてゐたので表から見れば地階つきの二階建だが、裏手からは三階だつた」。「下り坂の途中から曲る小道にまたがつてゐた」という家は、図2の沼尻地図からは見出せず、説明の意味が分かりにくいが、坂の上を「表」と言い、坂の下を「裏手」と言っているのは理解できる。新宿通りから北に入った田安通りは、図2で言うと、岡田家あたりから下り坂になっている。そうなると三島の生家は、岡田家から北のどこかと言えそうだが、ことはそう単純ではない。この辺りの土地は、北に下っているだけでなく、西にも下っているからである。

二十二番地の南端の坂田家の南側に、東西の路地がある。人が歩く程度の細い道で、途中には階段もあるから自転車の通行も難しい。この路地が東から西に下っているのである。路地は、岡田家と宮田東峰家との間にもあるが、ここは現在はマンションの敷地に組み込まれていて存在しない（路地の先に稲荷社があり、それを近くに遷《うつ》したので、地元の人はこの路地を記憶している）。また、宮田東峰家と千葉家との間にも路地がある。現在はこの路地の突き当たりに東京消防庁四谷寮があり、この敷地内に下に降りる階段があるので、昔はこの路地の先が坂だったかもしれないという想像をかき立てる。さらに、荒川家と医院との間にも路地があり、この路地はカーブを描きながら西方に下っている。

このような地形から、「坂」が北に下る坂なのか西に下る坂なのか決めがたく、家屋が二階にも三階にも見える「坂」を特定することは難しい。したがって「坂」から三島の生家を確定することはできない。

この坂は、『仮面の告白』で回想される汚穢屋と出会った坂である。「午後の日ざしがどんよりとその坂をめぐる家々に射してゐた。私はそのだれか知らぬ女の人に手を引かれ、坂を家の方へのぼつて来た。むかうから下りて来る者があるので、女は私の手を引いて道をよけ、立止つた。（中略）坂を下りて来たのは一人の若者だつた。肥桶を前後に荷ひ、汚れた手拭で鉢巻をし、血色のよい美しい顔と輝く目をもち、足で重みを踏みわけながら坂を下りて来た。それは汚穢屋──糞尿汲取人──であつた」

よく知られたこの場面に、「坂」ということばが四度も繰り返し出てくる。また、「童話三昧」には、「今のおはなしで読んだ尼さんがその坂を上つて来ないかと、ぼんやり待つたあげくの果、待ちくたびれて忘れて了ふのだつた」という記述もある。「私の家は殆《ほとん》ど鼻歌まじりと言ひたいほどの気楽な速度で、傾斜の上を辷《すべ》りだした」という記述とも呼応して、家に面した坂は、幼い三島にとってオブセッショナルな場《トポス》だったように思える。

『仮面の告白』には、夏祭りの一団が庭に雪崩れ込んできたことが書かれている。「幼年時。……／私はその一つの象徴のやうな情景につきあたる。その情景は、今の私には、幼年時そのものと思はれる。それを見たとき、幼年時代が私から立去つてゆかうとする訣別の手を私は感じた」と、充分な間合いを取って書き出され、制御の利かなくなった神輿が庭を踏みにじり、「私」は神輿の担ぎ手たちの「世にも淫らな・あからさまな陶酔の表情」を見たと記される。神輿担ぎが三島にとって長年の夢となり、ボディビルで鍛えた体で、実際に自由が丘の熊野神社の神輿を担いだときの「陶酔」(「陶酔について」)については、触れるにとどめておこう。

この祭りは、「紫陽花」によると須賀神社の夏祭りで、『仮面の告白』にあるように祖母が万遍なく祝儀を配っていたことで、本来の道順を替えて練りに来たのである。須賀神社は、新宿通りを南に渡った、四谷三丁目駅と信濃町駅との中ほどを東に入ったところにある。余計なことだが、この須賀神社は、二〇一六年に公開された新海誠・脚本、監督のアニメーション映画「君の名は。」の最後の場面で、瀧と三葉が再会を果たす場所である。ファンからは「聖地」として有名になったが、それが『仮面の告白』の祭りの神社でもあることはたぶんほとんど知られていない。『仮面の告白』には「子供の神輿」も通ったとあるので、神輿は神社神輿ではなく町神輿だと地元の人は言う。

神輿は八方担ぎと言って、担ぎ手たちが同一の前方を向くのではなく、神輿の外を向いて担ぐので、進行方向の統御が難しい(実際には、事故防止のためか前方を向くことが多いように思う)。東西の路地には入れるだろうかと聞くと、入れないことはないが危ない、というのが地元の人の答えだった。気になっていたのは、「紫陽花」に「花園町にぬける坂道を威勢よく練りました」と書かれていることで、花園町(現在はこの地名は使われていない)は永住町の西に当たり、そうなるとこの「坂道」は、町の東西を抜ける路地を言うのではないかと思ったからである。

しかし、「威勢よく練りました」のであれば、「花園町へぬける坂道」は路地ではなさそうだ。

するとこの「坂道」は花園町へはやや迂路になるが、田安通りになるのではないか。『週刊新潮』に「坂は花園町方向へ下りる坂です」と書いて、本稿で訂正しようとしたのはこの理由による。「賽銭箱がとほりすぎ」「子供の神輿が軽佻に跳ねまはりながら行きすぎると」（圏点、引用者）とあることからすれば、三島由紀夫の家は田安通りに面していて、路地の奥ではないと判断してよいと思う。

作品を読んでは歩くということを繰り返した挙げ句、『週刊新潮』の「掲示板」に先の文章を載せてもらったところ、一件だけレスポンスがあった。それは旧知の、『決定版三島由紀夫全集』の編集担当だった宮西忠正氏からである。「読んだよ」というメールで、それに続けて、「四谷四丁目」のホームページがあって、そこで馬場照子さんという方が、学習院初等科に通う三島由紀夫を見たと語っているというのである。このメールには気持ちが昂った。というのは、「照子」という名前に覚えがあったからである。三島由紀夫は体が弱く、自由に外で遊ばせてもらえず、祖母の夏子が選んだ女の子とだけ家の中で静かに遊んだというのは有名な話だ。その女の子の一人が、「照子」という名前だったのである。

「紫陽花」に「近所の山﨑といふ家の照子と云つたか、健康さうで、頭のよいので評判だといふ少女がよく家に上つて、おまゝごと、お家《お》ちごつこ、正月には羽子つき双六《すごろく》、歌留多《かるた》といふ調子、一寸《ちよつと》大きな音を立てたり、安玩具《おもちや》の蒼蠅《うるさ》い音をさしたりすると、早速女中がとんで来て、おばあさまがお止しなさいと仰言《おつしや》つてらつしやいます……それは〳〵静かな遊びだつた」とある。これで三島の生誕地が分かるばかりでなく、もっと詳しい情報も得られると思ったのだが、残念なことに馬場照子氏は、山崎姓ではなく三島の家は知らないと、間に入ってくれたホームページ担当の小林辰充氏を通じて伝えてくれた。

——こんな失敗談を書くのは、本稿の後に続くかもしれない物好きな探求者の労を省くためにほかならない。しかし、人と人の繋がりは、ありがたいものである。四谷四丁目の小林辰充氏と何度かメールのやり取りをしていると、同じ町内会の根岸弥之《みつのぶ》氏がメールをくださって、根岸氏のご母堂が通う眼科医の鈴木院長が三島由紀夫をよく話題に上せるので、生まれた家を知っているかもしれないと助け船を出してくれたのである。早速、鈴木氏に沼尻地図と現在のゼンリンの住宅地図のコピーとを添えて、三島由紀夫のいた家を教えてほしい旨の手紙を出した。すると、問題は一気に氷解したのである。電話で伺ったところによると、氏は「三島の家は、千葉さんの家です」と、沼尻地図の記載を用いてずばり断定したのである。筆者は、大きな家だというので、坂田家、入江家、島田家を予想していたのだが、豈図《あにはか》らんや予想は覆された。

千葉さんは、千葉躬春《みはる》という人だという。千葉躬春は、「ミハルス」というカスタネットの前身を作り普及に努めた舞踏家で音楽家。ミハルスは戦前の音楽教育に採り入れられた。平岡家が西信濃町に越した後に入った人だという。息子の千葉馨氏はホルン奏者で、NHK交響楽団の首席奏者を務めた。テレビアニメ「アルプスの少女ハイジ」（高畑勲監督）のテーマ曲の出だしは、千葉馨氏のホルンだという。この地には、宮田ハーモニカバンドで有名な宮田東峰もいて、宮田と千葉の間の路地を入った奥の、宮田家から数えて三軒目には、歌手の霧島昇も住んでいたという。隣家の荒川は、退役軍人だったという。

鈴木眼科の院長・鈴木武徳氏の話を整理しておこう。鈴木氏は、千葉家の隣の隣、沼尻地図に「医院」と書かれている家に生まれた。家は、歯科医だった。現在は住まいもクリニックも、別のところにある。昭和十二年生まれの鈴木氏は、直接三島を知っているわけではない。母親が平岡家のことを覚えていて、公威が三島由紀夫であったことも知っていたという。それというのも鈴木氏のご母堂は、三輪田出身だからである。三島の母倭文重も三輪田の出身で、三輪田は卒業生の繋がりが緊密な女学校として知られている。母親同士の交際があったと思われる。「平岡さんでは、お祖母様の言いつけで、お子さんを近所の子どもとは遊ばせなかった」と言っていたのを鈴木氏は覚えている。

鈴木氏の家が三島の家の隣の隣であること、氏の話が具体的であったこと、ご母堂が三輪田出身で、倭文重との繋がりが強かったと思われることなどから、鈴木武徳氏の証言は信憑性が高いと判断できる。

とはいえ、三島由紀夫の生誕地を証言したのは鈴木武徳氏しかいない。信憑性は高いが、別視点のセカンドオピニオンを提供してくれる人はいないだろうかと、鈴木氏に相談したところ、兄の鈴木和徳氏を紹介してくれた。鈴木和徳氏も、筆者の質問に「千葉さんのところです」と即答した。外科医の氏も武徳氏と同じく沼尻地図に「医院」とある家に、昭和十年に生まれた。したがって直接三島を知っていたわけではない。しかし、「学習院に通っていた平岡さんのうちの子」のことは、両親から聞き、それがのちの三島由紀夫であることは、両親がよく話していたことだったという。

鈴木和徳氏、武徳氏の話から、三島由紀夫の生誕地は、沼尻地図に「千葉」と書かれた家であることは確定してよいと思う。後日、この土地の所有者に伺ったところ、三島由紀夫が住んでいたことは「聞いていた」とのことだった。なお、敷地面積は約九十八坪だという。古くて重苦しい感じの家ではなかったですか、と鈴木和徳氏に聞くと、そういう印象は残っていませんね、むしろモダンな家という感じだったと答えた。

「紫陽花」では、三島由紀夫は育った家を次のように描写していた。

> 古りた木肌に木目ばかり艶《つ》やゝかに流れた櫺子《れんじ》の出窓を右に、引違へ、格子戸の内玄関、その一間許《ばか》りが麗々しく門の正面に向つて、窓から右へ、明治趣味な、鎧戸《よろひど》めいた木造の洋間つゞき、ところ〴〵ペンキの剥《は》げたのが三つか四つの窓を連ねた右はじは洋風の大玄関になつてゐたが、中庭にひき比べて、門と家の棟とに区切られた地所は、四角にだゞつぴろく、崩れ跡のある左、煉瓦塀《れんがべい》に沿うて、確か樫《かし》が五六本、棟の丁形に囲まれたひと隅には、山茶花《さざんか》の年を経て、五月蝿《うるさ》いやうに鬱蒼と、葉をつけて広がつてゐるのが、（後略）

十五歳の少年が泉鏡花のパスティーシュを気取って書いたもので、家の構造は理解しにくい。ただ、格子戸のはまった内玄関が門に向かっていたこと、その門は「唐草模様の鉄門」（『仮面の告白』）で（この鉄門は、学研の『現代日本文学アルバム 三島由紀夫』に収録された写真に、幼時の公威と一緒に写っている）、これまでの考察から田安通りに向いていたこと、洋間があり、内玄関とは別に「洋風の大玄関」があること、門と家の間は「四角にだゞっぴろく」、ここに祭りの一団が雪崩れ込んできたことは想像できる。しかし、沼尻地図には、それほど広い庭は描かれていない。

四谷四丁目のホームページ委員である小林辰充氏が、のちに述べる〝現場検証〟の後、鈴木武徳氏のインタビューが取れたと連絡してきた。筆者が要望していた家の様子について、鈴木氏は、千葉さんのお宅に上がったこともあると言い、次のように話してくれたという。「佇まいは洋風の造りで、おおきな庭があり、門は、道路から二、三段の階段があってその上に車が入れるほどの幅の大きな門があったそうです。門は田安通り側に向いており、記憶では鉄扉ではなく木だったのではないかとのこと。その大きな門は普段は開かずの門として閉ざされていて、すぐ横に通用門があり、そこから出入りしていたそうです。周囲の塀はコンクリートのようなもので出来ていた。庭にはひと目で海外の物と分かるような植物が植わっていて、池もあったのではないかと。他の住宅とはまったく違う様相だったらしいです。洋館は、一部にガラスを多用した『テラス』のようなものがあったようで、近所でも洋風の建物はこの千葉さんのお宅だけだったと」。兄の和徳氏の言った「モダンな家」という印象と合致する話であり、神輿が雪崩れ込んだのが想像される「おおきな庭」にも言及していた。

沼尻地図にある千葉家は、現在は四階建て全八戸の小振りなマンションとその西側にある個人住宅になっている。マンションの入り口は、田安通りの坂に面している。二〇一六年五月の晴れた日に、四谷四丁目の町会長・坂部健氏、町会のホームページ委員の根岸弥之氏、小林辰充氏、竹田香織氏と検証のためにこの辺りを歩いた。三島が書いていた「坂」は、屋敷の東側にある田安通りに間違いない。「自転車では上れないですね」と竹田さんが言う。それほどの勾配でもあるまいと思ったが、見れば距離もあり、一気に上るのは苦しそうだ。勾配はアスファルト道路になる以前と変わらないと、坂部さんは言う。とはいえ、この程度の勾配で、「坂の上から見ると二階建でありながら坂の下から見ると三階建」になるのだろうかと思っていると、根岸さんが面白い景観を見つけた。隣家の宮田東峰の家跡には、木造のアパートが建っているが、このアパートの北側、つまり坂で下っている側は、地階が物置になっていて、三階に見えるのである。坂の上から見ると二階建てである。かつての平岡家が、このように見えたことを示す眺めである（現在このアパートは取り壊されて、別の建物になっている）。平岡家跡に建つマンションは、勾配による落差を補正した様子が見て取れる。

四谷区永住町の家は、新宿駅周辺の喧騒からさほど遠くないところにあった。四谷駅も遠くない。市電の走っている新宿通りの大木戸の停車場から奥に引っ込んだ静かな住宅地である。「紫陽花」では、隣家の松村さんで三味線の稽古をしているのが聞こえると書かれている。松村さんは坂の下方とあるから、沼尻地図では荒川家に当たる。「私の永遠の女性」には、近所に琴の師匠の家があり、「琴の音が流れて」いたとも書かれている。「童話三昧」では、二階の窓から「お寺の森が見え、下手《しも》の医院で雨戸を閉ざす音」が聞こえるとある。「お寺の森」は、三島の家から丁度真西に当たる曹洞宗の東長寺か、東長寺の北隣にある浄土真宗の源慶寺のものか。雨戸を閉ざす音がするのは、三島由紀夫の生誕地を教えてくれた鈴木和徳氏、武徳氏兄弟の生まれた歯科医院か、段差のある西隣の四谷医院か。初めての小説らしい小説「酸模」（「輔仁会雑誌」昭和一三年三月）に描かれた、奇妙に高い塀のある市ヶ谷刑務所は、成女学園のすぐ北側にあった。煌《きら》びやかな都市の光と暗部、そして喧騒と静寂が交錯する町で、三島由紀夫の幼年時代は過ごされた。

「わたくしは夕な夕な／窓に立ち椿事を待つた、／凶変のだう悪な砂塵が／夜の虹のやうに町並の／むかうからおしよせてくるのを。」——十五歳のときの詩「凶ごと《まが》」である。この「濃沃度丁幾《のうヨードチンキ》を混ぜたる、／夕焼の凶ごとの色」は、十五歳のときの西に一高キャンパス（現在の東京大学駒場キャンパス）や下北沢を控えた渋谷大山町（松濤）の家よりも、花園町や新宿駅方面を臨む永住町の「童話三昧」にあった二階の窓からの心象風景のように思われる。この詩が書かれたのは、永住町の頃を回想した「紫陽花」執筆の十二日後、「童話三昧」の二カ月前の昭和十五年一月十五日である。夕闇ともなれば、「夜の虹のやうに」新宿駅周辺の明かりが灯った。「凶ごと」の予感は「夜の犇《ひしめ》きで閨《ねや》にひゞいた」と詩にはあるが、人工的で淫靡な都市の光景を子どもが「閨《ねや》」で感じ取る様子は、別のところで次のように記されている。

夜、私は床の中で、私の床の周囲をとりまく闇の延長上に、燦然《さんぜん》たる都会が泛《うか》ぶのを見た。それは奇妙にひつそりして、しかも光輝と秘密にみちあふれてゐた。そこを訪れた人の面《おもて》には一つの秘密の刻印が捺《お》されるに相違なかつた。深夜家へ帰つてくる大人たちは、彼等の言葉や挙止のうちに、どこかしら合言葉めいたもの　フリーメイソンじみたものを残してゐた。また彼等の顔には、何かきらきらした　直視することの憚《はばか》られる疲労があつた。触れる指さきに銀粉をのこすあのクリスマスの仮面のやうに、かれらの顔に手を触れれば、夜の都会がかれらを彩る絵具の色がわかりさうに思はれた。

『仮面の告白』からの引用である。三島由紀夫の作品に漂う享楽と受苦、夢と現実とが混在し、絶望的な隔絶感を醸し出す原型は、幼年時代の永住町の家で育まれた感受性によると言ってもよいだろう。

補記　現地の検証に加わってくれた四谷四丁目町会の方々に感謝申し上げます。町会のホームページのURLは

http://www.yotsuya4.com/で、ここに鈴木武徳氏と筆者へのインタビューがアップロードされています。なお本稿は「三島由紀夫研究17　三島由紀夫とスポーツ」（鼎書房、平成二九年四月）から一部加筆をした上で再録したものです。

編集部注：佐藤秀明氏は近畿大学名誉教授。三島由紀夫文学館館長。

三島由紀夫に流れる「水戸の血」

篠原 裕

一九六〇年代は、世界中にコミュニズムの嵐が吹き荒れた時代でした。一九六八年のパリ五月革命は、「先進工業国における共産革命の成立の可能性を示唆する」（「文化防衛論」、新潮社、昭和四四年四月、三島由紀夫全集第三三巻）事件でありました。日本も例外ではなく、大学を中心に革マル、民青、三派全学連等が連日激しい闘争を繰り広げました。このような事態に危機感を持った三島由紀夫は、昭和四十二年には一人自衛隊に入り訓練を受け、間接侵略に備えるべく民間防衛組織を構想、翌四十三年三月には、同様に危機感を持った持丸博（楯の会初代学生長、前しきしま会事務局長、故人）を中心に早稲田大学の学生ら二十名（のち楯の会一期生となる）を引率、再び自衛隊で訓練を受け、同年十月には「楯の会」を立ち上げたのでした。

かかる状況の下、三島は、四十三年九月には一橋大学、十月には早稲田大学、十一月には茨城大学で、そして翌年五月には東大全共闘とのティーチ・インを試み、学生達と議論をたたかわせました。早稲田大学での主催者は「尚史会」で、その司会を行ったのは幹事長の金子弘道（当会会員で帝京大学前教授）です。同氏は楯の会の一期生で「楯の会」の名前の提案者でもあります。なおその時の録音はCDとなって、現在『三島由紀夫・学生との対話』として新潮社より出版されています。

さて、茨城大学でのティーチ・インでの問題提起の中で、冒頭、次のように三島由紀夫は語っています。

> 私は水戸へ伺ったのは初めてなんですが、私の血の中には水戸の血が多少流れております。祖母のほうから細々ながら……しかし、祖母がいつも申しましたのには「お前は水戸の血が流れているから、人にすぐ皮肉屋だとか偏屈だとか言われるだろうが、気にしないほうがいいよ。これはもう宿命で仕方ない」といわれておりました。そして今日ここへ参りまして、皆さんの批判の嵐の前に立つ気になってきたのも、やはり水戸の血のなせるわざであります。……私のような水戸の血を引いている人間は、くさいなと思う。（『文化防衛論』）

ここで三島由紀夫は「水戸の血」を四度繰り返し強調しました。

一体、三島由紀夫の「水戸の血」とは何か？　水戸生まれの編者の長い間の疑問でした。昨年一念発起、四十年の長い間本棚で埃をかぶっていた全集を引っ張り出し通読中、『好色』（三島由紀夫全集第二巻）を読んで瞠目しました。そこには、次のように書かれていたのです。

お祖母さん子の公威（編者註・きみたけ。三島由紀夫の本名）は、永わづらひの祖母の離れの病室で、おとなしく書物を読んだり女の子のやうにおはじきをしたりして遊んでゐることが多かった。そんな場面へ、何の前ぶれもなしに、魔術師のやうに頼安が登場するのだ。（中略）

召使が頼安の来訪をつげる。「そら上野の伯父さまだよ」と祖母は看護婦の手を借りて床の上に坐り直す。公威は、それが癖で、よみかけた童話集の頁にビスケットをはさんでそつと閉ぢておく。早くも障子の向うにバタ〲といふ足音が畳廊下を迫つてくる。障子があく。まづ大きな大きな鼻があらはれる。つづいて葵の紋付袴の老人があらはれる。祖母をみるやいなや、次のやうな叫びと一緒に殆んど抱きつかんばかりに病床の傍らへ崩折れる。

「おお、お夏！お夏！」

夏子が祖母の名前であつたが、その祖母に頼安は三月《みつき》と逢つてゐないわけはないのに、まるで三十年ぶりの親子の対面のやうな感激的場面を、そのたんびに演じなければ気がすまぬのである。この冷静な年老いた姪も仕方なく、うるささうに調子を合はせるのだつた。

「伯父さまも御達者で、まあ何よりで」

「おお、お夏や、お夏」（中略）松平頼安子爵は公威の祖母の母の兄に当つてゐた。水戸の徳川家の流れで、代々《だいだい》、水戸市に程近い宍戸の藩主であつた。自分のどこかに水戸の人らしい皮肉屋の血が流れてゐるのを、公威は時々感じることがある。頼安の父の松平主税頭《ちからのかみ》は、水戸烈公と従兄弟《ママ》同志だつた。主税には四人の子があつた。長男がのちの松平大炊頭《おほひのかみ》、次男が頼安、三男が福島県森戸《ママ》（編者註・守山）の藩主になつた美男で名高い頼平、長女が公威の曾祖母高子——高姫とよばれてゐた——だつた。維新史にすこし通暁した者は筑波騒動といふ小事件を聞いたことがあるにちがひない。水戸家にとつては幸運なやうな不幸なやうな、名誉のやうな不名誉のやうな、くすぐつたい事件だつた。竹田《ママ》耕雲齋が幕府に叛旗をひるがへしてつまり（錦の御旗をひるがへして）失敗し打首になつたのが史上の筑波騒動であるが、（中略）時代感覚の鋭い松平大炊頭は、水戸家の親戚でもあるところから、水戸家の将来を思つて、身を犠牲にしてわざと耕雲齋と共に旗をあげた。水戸が他藩に先んじて勤王の旗をあげたことになつたわけだ。


　騒動の結果、大炊頭は責を負うて家来七十人と共に切腹したが、さて明治維新が成功してみると、大炊頭が引いておいた勤王の伏線のおかげで、水戸藩は救はれたのである（編者註・大炊頭の墓所は水戸家代々の墓所である常陸太田市瑞竜山に築かれている。高田馬場にある同家菩提寺の亮朝院には、

「贈従三位大炊頭松平頼徳卿記念碑」が建っており、裏面には六十二名の殉難者の名が刻まれている）。水戸の徳川家は之を大いに多として、次代の藩主、後の子爵、松平頼安の生涯の面倒を見た。頼安の妹の高姫は美しくて豪毅な女性だつた。……彼女は十六歳の時に、公威の曽祖父、祖母の父、永井岩之丞（編者註・幕末に活躍した旗本永井玄蕃頭《げんばのかみ》尚志《なおゆき》の養子）の後妻として嫁したのだつた。

「水戸の血」とは、「水戸徳川家の血」だったのです！　しかも、比較的身近かな先祖が幕末の動乱に巻き込まれて切腹をしているのです。

頼安は昭和十五年に没しています（祖母夏子はその前年に没）。つまり公威は、十四、五歳まで必然的に度々頼安に接していたものと思われ、その経験を元に小説にしたのが『好色』、三島由紀夫二十三歳の時の作品です。三島は文中わざわざ〈作者はこの小説でいかに些細なアネクドート（編者註・逸話）といへども公威が伝聞したこと以外には一切想像にたよらぬことにしてゐる〉と記しているように登場人物もすべて実名の伝記的作品つまり評伝です。三島研究家の一人である小林和子（茨城女子短期大学教授）は、「三島由紀夫『好色』『怪物』試論（茨城女子短期大学紀要）」の中で、三島が書いていることはだいたいにおいて事実に近いことがわかった、と記しています。

三島は、身内については『好色』以外の作品の中で何カ所かほんの少し書いているだけで「水戸の血」については一切ふれていません。しかし、三島事件一カ月前に出版された『三島由紀夫対談集源泉の感情』（河出書房新社、昭和四五年一〇月、三島由紀夫全集第三四巻）の「あとがき」には次のように書いています。

私の一族はおしやべりの一族であつた。沈黙は金《きん》といふけれども、金はいつも私に焦燥を与へた。男は寡黙が一番といふけれども、喋りたい時に黙つてゐてまで男らしく見せることは真平だつた。私の一族と云つても、十二人兄弟の祖母の一族が圧倒的勢力を振つてゐるときに幼年期をすごし、江戸の旗本伝来の伝法な口のきき方から、御大層な恐惶謹言の演技まで悉く身につけ、その上、水戸ッぽの皮肉を学び、明治風の誇張したレトリックを習つた。

また、最後の作品となった『天人五衰』（新潮社、豊饒の海第四巻、昭和四五年一一月、三島由紀夫全集第一九巻）の中に、「先憂後楽からその名を採つた水戸光圀の邸跡の後楽園の門前に立つた」と書かれていることから、最後まで「水戸の血」を意識していたものと思われます。

余談ではありますが、編者は昭和五十年から五十五年まで水戸徳川家家職として第十四代当主（当時）圀齊氏の秘書を務めたことから、頼安の後を継いで宍戸松平家の養子となった圀齊氏の弟の圀秀氏にたびたびお目にかかりました。なお、近年長男が亮朝院のすぐ隣に居を構え、因縁浅からぬものを感じている次第です。

補記　筆者は昭和二二年水戸市生まれ。元楯の会一期生。現在しきしま会及び橘孝三郎研究会事務局長を務める。なお本稿は『三島由紀夫かく語りき』（展転社、平成二九年四月）から一部再録したものです。

天狗党の乱と『サロメ』と——水戸宍戸藩主の切腹を軸に

松本　徹

　二・二六事件が起こったのは、言うまでもなく昭和十一年（一九三六）二月二十六日早暁、雪が降るなかのことで、平岡公威、のちの三島由紀夫は満十一歳になったばかり、学習院初等科の五年生三学期の生徒であった。作文は好んで書くものの、担当の教師からは、絵空事をもっぱら扱い、取り扱いに少々困った児童といった存在であった。しかし、そのような小学生にとってこの事件は、特別の強い印象を残すことになった。

　三十年後の作品集『英霊の聲』（昭和四一年六月）に収めた「二・二六事件と私」で、「……たしかに二・二六事件の挫折によつて、何か偉大な神が死んだのだつた」と書いている。続けて「当時十一歳の少年であつた私には、それはおぼろげに感じられただけだつたが、二十歳の多感な年齢で敗戦に際会したとき、私はその折の神の死の怖ろしい残酷な実感が、十一歳の少年時代に直観したものと、どこかで密接につながつてゐるらしいのを感じた」と。

大東亜戦争の敗戦と重なって、尋常でない大きな事件であったと、改めて衝撃を受けたのである。それにしても如何に早熟であったとしても、十一歳でこうまで深刻に受け取るものだろうか。逆にこの年齢だからこそだったかもしれないが、「偉大な神が死んだ」ともなれば、自分が現に生きているこの世界が根底から揺るがされた、と感じたのであろう。

多分、それには根深い理由があったと思われる。当時の三島少年は、まだ祖母夏（夏子とも）の許に身を置いていた。生まれると、同居していた祖母の手許に置かれ、母親が授乳するのさえ、祖母の前で行われる有様であったという。そして、昭和八年（一九三三）三月、新宿区永住町から信濃町（当時はいずれも四谷区）へ引っ越したが、夏からは二、三軒隔てた家屋へ祖父母と三島ばかりが寝起きを共にすることとなった。父梓が農林省米穀部経理課長となって忙しくなり、妹と弟も大きくなったためであった。また、祖父定太郎が、樺太庁長官を辞して後、芳しくない人たちが出入りして、昭和九年五月には詐欺の疑い（明治天皇の偽筆を売った）で、一時、勾留されたことも関係していたろう。

このため失意の祖母と密着した暮らしを続けていたところで、二・二六事件に遭遇したのである。誇り高い祖母は、こうした事情もあって、烈しい反応を示したのではないか。いま引いた文章では「事件の挫折」と書かれている。大いなる何事かを企て、「挫折」したと捉えたのだ。一家の中では何事も思い通り押し通し、初めての孫をいまなお掌中に置いている我儘な存在であるだけに、感じたまま、率直、端的に示したのであろう。挫折の連続であったと言ってよい自分の人生と重ねて、間違いなく彼らは命を賭して「尊王」を掲げ決起したのにもかかわらず、当の天皇に裏切られて挫折した、と。そう受け止めて激しい言葉を吐くのを、少年は傍らで聞き、衝撃を受けたから、「何か偉大な神が死んだ」とまで感じた……。

*

祖母夏が生まれたのは、明治九年（一八七六）六月で、すでに藩なるものが消滅した後であったが、一家は深甚な衝撃を引きずっていた。なにしろ水戸藩の支藩の一つ、宍戸《しし ど》藩の九代目藩主松平頼徳《よりのり》を長兄として母の高（高子とも）は、安政四年（一八五七）八月十三日に生まれ、一歳違いの次兄の頼安と親しんで来ていたのだ。

その頼安に三島自身も、接していた。姪の夏を訪ねてやって来ると、まず幼い彼が迎えに出た。いつも上等の大島の着物姿で、「シラノ・ド・ベルジュラックはだしの大きな鼻」を際立たせ、公威を認めると、「おお梓に似とる、ようにとる」と言って涙を流し、祖母の部屋へ「お、お夏お夏」と言って駆け込むと、他愛なく鼻をすすり出す。そうして親しく話し込むのだが、やがてなにかと言い諍いを始めるのだ。この頃になると、二十歳も隔たった伯父と姪の差がなくなっていたのであろう。当時、頼安は徳川本家の祖廟の要の一つ、上野東照宮の社司であった。長い長い黒塀の中の広壮な住いを祖母に連れられ訪ねて行った時のことなどを、中等科四年生になった三島が作文「神官」で書いており、前述の鉤括弧内の言葉はその作文からの引用である。

そうして二・二六事件の翌昭和十二年四月、中等科へ進んだ時点で、梓一家は再び引っ越し、渋谷区の現松濤町に移り、三島もやっと父母妹弟と一緒に暮らすようになったものの、日に一回は祖母に電話、週一回は泊まる取り決めであった。この頃から三島は、詩や童話、小説類を大変な勢いで書くようになっていたから、これまでとやや違った目でもって、祖母に接したろう。そして昭和十四(一九三九)年一月、祖母夏は六十四歳で亡くなり、翌年二月には大伯父頼安も八十七歳で死去した。いま触れた作文は、この二人を見送った後に、書かれたのだった。

祖母夏は、歌舞伎を愛好し、泉鏡花を愛読していたことが知られているが、孫が中等科に進むと、歌舞伎へ連れて行ったたし、自分の母の次兄で、よくやって来る頼安について繰り返し語るようなことがあった。週一回泊まった折々でもあろうか、三島はその要点を大学ノートにメモ、七ページに及んでいるのが残されている。「創作ノート『松平頼安伝』」(『決定版三島由紀夫全集』補巻)だが、先の作文には「祖母の咄す伯父の昔語りはどうしてあんなに立派できらびやかであつたのだらう」とある。喜んで耳を傾け、書き留めたのだ。

ただし、実際に祖母夏が話した事柄自体、また、三島が目にした頼安の姿となると、そうではなかった。早く未完稿『領主』などで取り上げ、戦後間もなく短篇『好色』(昭和二三年)と『怪物』(昭和二四年）で描いているが、女癖が悪く、次々と関係を持つばかりか、ひどい浪費癖があり、趣味と言えば怪しげな写真を収蔵、気に入らない男がいると、女と絡み合う男の顔に挿げ替えて喜ぶ。好人物と言えば言えるかもしれないが、面倒な癖を持った老人であった。

それでいながら、元藩主の跡を継いで子爵となり、上野東照宮の社司だけでなく、芝大神宮、亀戸天神社の社司も兼任、官位も順調に昇進、大正十一年（一九二二）には従二位に登っていた。この位となれば公卿であり、尋常の身分ではない。確かに「立派できらびやか」と言ってよかろう。そうして隠居すると東村山の徳川家山荘で過ごした。亡くなる前年冬、その山荘を中等科生の三島が訪ね、老残の姿を見届けるとともに、作文の終わり近くでこう書きつけている。頼安の長兄は「宍戸といふ小藩の藩主であつたが、幕末に幕府内密の事件の責任をひとりで負つて自刃した。代々徳川家はその子孫に特別の庇護を与へるつもりであつた」と。だから浪費癖と女癖には困惑しながらも、頼安を徳川家代々の霊を神として祀る華麗な社の社司に据えるばかりか、代々の宍戸藩主は従五位下であったのを遥かに超えて昇任させ、後継が亡くなると、昭和十年のことだが、水戸徳川家当主の三男を養子として入れている。これにより平岡家との付き合いは絶えた。

もっともこの作文ではこうはっきり書きながら、その「幕府内密の事件」なり「徳川家の意向」については、以後、三島は一切触れなかった。また、家族ぐるみの付き合いがあった村松剛にしても、そのあたりのことは承知していたと思われるが、評伝『三島由紀夫の世界』（平成二年九月刊）では、宍戸藩主頼徳の名は出しながら、それ以上は立ち入らなかった。ただし、その切腹事件は幕末の水戸藩内で起こった有名な天狗党の乱の一齣であったから、知らないはずはなかった。

＊

事態を知るには、まず宍戸藩の特別な在り方を承知しておく必要があるだろう。水戸藩には支藩なるものが三つあり、宍戸藩はその一つで、現在の茨城県笠間市平町あたりを領地とする。大名としては最小の一万石を領し、城はなく、陣屋を構えるにとどまった。ただし、徳川光圀《みつくに》の弟が藩主となって以来、その血筋の者が代々の藩主となり、水戸藩を支える役割を担った。そして水戸藩主が将軍の補佐役として「副将軍」と称され、参勤交代の枠外にあり、江戸詰めを常としたように、宍戸藩主も同様であったから、他の藩と異なる事態を負う成り行きになった。

幕末、頼安の父で、宍戸藩八代目藩主松平頼位《よりたか》が、水戸藩主斉昭《なりあき》の信任を得、その藩政改革を助け、斉昭が幕府の怒りを買って隠居させられた後は、跡を継いだ慶篤《よしあつ》を助け、なにかと助言するようなことがあったらしい。

こうした関係は明治維新後も続き、二代藩主光圀を祀る常盤神社が水戸に創建されると、明治十（一八七七）年にはその神官に頼位が就いた。その子の頼安が上野東照宮などの神職になったのは、この流れからであろう。

時代は遡って元治元年（一八六四）三月下旬、いわゆる密勅下賜を巡って尊王攘夷の徹底を訴え、藤田東湖《とうこ》の息子、小四郎らが筑波山に集まり、兵を挙げた。天狗党の乱の始まりである。水戸藩はこの天狗党の行動派と、実力行使にまでは進まないものの、光圀以来の尊王思想と攘夷思想を保持するグループ、それに加えてこれらと真正面から対立、斉昭を排除するばかりか、これまでの尊王思想を掲げて藩政を牛耳って来た者たちに激しい憎悪を向ける諸生党の、三のグループが三つ巴になって鬩《せめ》ぎ合っていた。そこに他藩から加わる者もあれば、農民や町民など身分を越えて積極的に関与する者もあって、無法な行動に出るものが力を振るえば、巻き込まれる者も少なくない状況が生まれ、厄介、深刻な様相を呈するに至った。

これに対して水戸藩も幕府も対応を迫られたが、水戸藩それぞれのグループが幕閣に烈しく働きかけ、立ち往生する状況に陥ったが、ともかく水戸藩主慶篤の名代として、宍戸藩主の松平頼徳が鎮静に当たるべく、出向くことになった。そこで家来約八十人を引き連れ、同年八月四日、江戸を出立した。

*

そこで祖母夏が飽くことなく語ったことだが、ノート「松平頼安伝」を見ると、こう始まる。

父　松平主税頭《ちからのかみ》

ししど藩主。

叔父（抹消）　兄　松平大炊頭《おおいのかみ》

宍戸藩主の松平主税頭とは、夏の母高の父、八代目藩主松平頼位のことである。叔父は誤りで抹消、兄　松平大炊頭とは、高の長兄、九代目藩主松平頼徳のことである。

武田耕雲斉が　幕府に叛旗ひるがへし
天皇を立てん、勤王で旗あげ
失敗　打首
そのとき水戸中納言がバカ
大炊頭利巧ゆゑ、耕雲斉と共に旗をあぐ、靖国神社に祀れり

武田耕雲斉は水戸藩の改革派の中心的人物で、慶喜とも近く、江戸詰め執政を勤め、筑波山の決起には反対したものの、天狗党寄りで、この時点では、執政を解任されていた。そのため頼徳の一行と行動を共にしたのだが、それが思わぬ展開をもたらす要因ともなった……。

この天狗党の乱当時の水戸藩主慶篤（慶喜の兄）が、ここでいう水戸中納言であり、優柔不断であるばかりか、側近たちや幕閣の一部の矛盾した進言を「よかろう」と受け入れ、藩命として下すよう

なことをした。世に「よかろう様」と言われた所以だが、それが思いもしない無残な悲劇を招くこととなった。

夏の話は先走るが、明治になって総てがほぼ落着、邪悪な策謀、誤解、行き違いが明らかになって、大炊頭・頼徳は「靖国神社に祀」られたのだが、頼徳は決して「利巧」に立ち回ったわけではなかった。如何なる状況にあっても、よき藩主、よき水戸藩主の名代として振る舞うべく、真っ当に務めたのだ。経緯を辿れば、歴然としている。だから、明治になって、斉昭を輔佐した頼位の子として尊王思想を推進しようとしていたと認められ、靖国神社に、また、水戸市の回天神社にも神として祀られたのだ。

しかし、この時、思いもしない展開となった。

大炊――筑波騒動切腹。家来七十人。

筑波騒動とは、言うまでもなく天狗党の騒乱のこと。筑波山で旗揚げをしたからこう呼ばれる。その騒乱を収拾するため、頼徳は赴いたのだが、江戸住みが多く、水戸のことはよくは知らなかったのかもしれない。また、家来にしても同様だったのではないか。しかし、戦闘となると、吉村昭『天狗騒』(平成六年五月刊)によれば、よく奮戦する優秀な者たちだったようである。

その水戸への途上、今も触れたように耕雲斎らも加わり、一行の人数は大きく膨れ上がった。騒乱状況の収拾を考えれば、加わって然るべきだったとも思うものの、これがのちに言いがかりをつけられる理由となった。

少々手間取って、八月十日、頼徳一行は水戸に入った。城は諸生党が占拠していたが、斉昭夫人で慶篤の母もとどまっていたし、城内へ迎え入れられるものと信じていた。

ところが拒まれたのだ。藩主の名代としてやって来た者を入れないなど、頼徳は信じることが出来ない事態であった。頼徳は水戸藩の一員として、尊王攘夷思想に理解を示す態度をとって来ていたし、先代の斉昭に近い頼位の子であった。その点で諸生党とは意見が異なるが、水戸藩主の名代ではないか。入城を拒むのは、主君に対する反逆行為である。頼徳にとっては信じられない事態であったし、認めることも出来ないことであった。

しかし、水戸藩は、開設以来育てて来た勤皇思想が過激化、攘夷思想と結びつき、安政七年（一八六〇）三月には水戸の浪士たちが井伊直弼大老を桜田門外で襲って殺害、文久二年（一八六二）には坂下門外の変で老中安藤信正に傷を負わせる事態を起こせば、一方、これら過激な尊皇派の制圧を主張するグループがこれまた過激化し、これまでの歴代藩主の許、冷遇されて来たのを深く恨み、藩主の名代を認めないばかりか、復讐を画策するようになっていたのだ。そうしてこの頃になると、城下に残る天狗党の家族の幼い子供たちまで捕縛、獄に繋げば、殺害する挙にも出た。もはや一片の徳義もなく、敵か味方か、憎しみをぶつける状況になっていたのだ。イデオロギーの争いは、最後にはこういうところに行き着くらしい。

この日の夕刻、頼徳一行に鉄砲が撃ちかけられた。それに応射する者があったようだが、今しばし時を置くべく、十二日、水戸郊外の那珂湊に移った。ところが対岸から大砲を撃ちかけて来る事態となった。

水戸藩は、斉昭が攘夷を厳しく主張して防衛のため戦力の向上に努め、反射炉を築き、鉄製の大砲、銃を生産、貯えて来ていたから、それを使ったのだ。こうなると反撃をしないわけにいかず、武田耕雲斎らも加われば、天狗党の一部も支援する動きを見せた。頼徳としては、鎮撫《ちんぶ》相手の天狗党とはあくまで一線を画すよう努めたが、交渉を全く持たないわけにはいかない。諸生党側はそこを突いて、頼徳一行も天狗党と一緒になって攻撃して来ると、幕府へ報告、強力な支援を求めたのだ。

じつはこれを好機として敵対する勢力を殲滅するべく、彼らは罠を張り巡らしていたと思われる。諸生党がそこまで過激に対処して来ると考えもしなかった頼徳は、天狗党の間に一線を画しながら、多量に貯えられていた攘夷のための最新兵器を奪い、反撃すると、那珂湊の町は火の海となった。そして、頼徳側が優勢となったが、攻撃を抑制、決定的勝利は控えた。このあたりのところも吉村昭『天狗騒乱』が詳細に描いている。

そこへ諸生党側の要請を受けた幕府の若年寄・田沼意尊《おきたか》（田沼意次の孫、遠江国相良藩主）が討伐軍を率いてやって来た。頼徳は藩ばかりか幕府の意向も受けていたから、幕府と戦う意志など全くなかった。そこで、これまでの経緯を江戸で幕府に説明するのを条件に、九月二十二日、和議に応じ、鉾を収めた。

そして、江戸へ向け出立したのだが、その無防備の隊列を襲って拘束、水戸の屋敷に幽閉したのだ。罠に落ちたのである。

十月一日には、宍戸藩松平家の取り潰しが決定された。

ノート「松平頼安伝」にはこうある。

主税隠居、（大炊頭むほんゆゑ）頼安、三人皆お預け

高子、７つから13まで座敷牢へ入れらる。

苛酷の取扱をうく。主税いつ自殺するかと思ひ、家来、着物やオビにアイロンをあて、ぼろぼろになるやうな着物とる。（執る、選ぶ、の意か）

頼徳が幕府に対し謀反したとして、父の頼位は隠居、他藩に預けられる苛酷な扱いとなり、弟や妹たちは座敷牢に入れられたのだ。高子は当時、数えで八歳、頼安は九歳であった。そして、五日には、幕府が派遣した追討軍に同行していた幕府大目付・黒川盛泰から頼徳は切腹を命じられたのであ

る。藩主の名代の身でありながら、天狗党の脱藩藩士ら一党に加わり、幕府に敵対したという罪状であった。

その切腹の様子を、片山杜秀『尊王攘夷——水戸学の四百年』(令和二年五月刊)はこう書いている。槍や刀を持つ諸生党の者たちが無遠慮に取り巻き、幕府の追討軍幹部らが見物するなか、頼徳は煙草を三服喫し、南方を三拝して、座について切腹した。ただし、まともな介錯が行われず、頭を垂れて長く苦しんだという。水戸藩主の名代で、支藩ではあっても藩主である者が、三十四歳の若さで苦しんで死んでゆくのを、見世物として供された気配であったともある。そこには積年の恨みを晴らそうとする諸生党の者たちの思いがあったのであろう。

辞世の歌はこうであった。

「思ひきや野田の案山子《かかし》の竹の弓引きも放たで朽《くち》果てむとは」

無念さは計り知れないものであった。

大炊は正宗の銘刀で切腹。頼安が七円で屑屋に売り、まはりまはつて岩崎もてる筈。

岩崎は、明治・大正・昭和の財閥で、その刀剣コレクションに納まったというのである。残された頼安としては、思い出したくもないことであったのだ。

高子13になりし時朝廷世に出て、
皆ゆるさる。
藩主返上。勤皇、すぐ子爵、
目白に邸もらふ。本家は恩に着る。
松平大炊頭のおかげで水戸が旗あげたことになり、水戸に傷つけずに自分が旗あげたことにな
つた故、水戸救れる。

高子、又お姫様生活はじまる。松平伯父放蕩と残虐性

明治二年（一八六九）春に天皇が東京に出て来て、五稜郭の戦闘も終結したから、高子が数えで十三になった翌明治三年正月から事態は一変したのだ。頼徳は水戸藩を代表して勤皇の旗を掲げ、諸生党や幕府の反尊王派と戦ったこととなり、名誉を回復、宍戸藩も復活、父の頼位が十代目藩主に復帰した。ただし、翌明治四年（一八七一）七月、廃藩置県となり、各藩主たちは貴族となり、それぞれ爵位を受けた。これに際して頼位は退き、頼徳の弟頼安が子爵となると共に、水戸家からは目白の邸を贈られた。

このため高子は贅沢な生活を始め、頼安も放蕩三昧、金銭を消尽すれば、「正妻――八名、あきて追ひ出す。一応同棲したのが十六人」という有様となれば、「たえず人を憎がつてゐなければすまぬたち」「人と人との間をさいて人と人とをもますのが好きでならず」、その中傷癖は「平岡定太郎には歯が立たぬ」などともノートには書き込まれている。兵庫・加古川の農家の出身でありなから、政府の高官となり、夏と結婚した定太郎が、なにかと諫めたが、歯牙にもかけず、ほとんど性格破綻者的な振る舞いにも及んだのだ。兄の運命を考えれば、そうならずにおれなかったのであろう。水戸家及び徳川本家は、そのような頼安であったが東照宮社司の職に就けるなどして、報いようとしたのだ。多分、誰よりも当主の慶喜がそう配慮したのであろう。

先にも触れたが、宍戸藩の歴代藩主はいずれも従五位下であったが、父頼位は死後に従三位、切腹した兄の頼徳も従三位、弟の頼安となると最終的にはそれを超えて従二位に叙せられた。維新の功臣並みの扱いである。

多分、頼徳の切腹は、水戸藩を完全に瓦解させ、幕府の中核にも及んだのではないか。なにしろ「副将軍」の名代で、その任に忠実な者を、藩の一部と幕閣の一部が共謀して、反乱の廉《かど》で切腹させたのである。あってはならないことであった。こうしたことが起これば、その組織はもはや組織として保持できない。そうと承知したからこそ、深刻な打撃を受け、何事も「内密」にすべく努めたのであろう。

それに加えて当時京にあった慶喜は、禁裏御守衛総督の身にすぎなかったから、幕府の方針に従うほかなく、耕雲斎ら天狗党が越中までやって来ると、近江の湖北、海津まで軍を進め、討ち取る態勢を執った。この際、渋沢栄一が秘書記として従っていた(『渋沢栄一自伝』)が、これにより天狗党は降伏、田沼意尊の扱いに委ねたが、その指示によって八百数十人のうち三百五十二人が処刑された。頼徳を切腹させた姿勢を貫ぬいたのだ。

さらに耕雲斎ら主だった者の首は水戸に送られ、曝され、その妻子、孫まで拘束、処刑される結果となった。尊王攘夷のイデオロギーへの反感が、藩や幕府の枠組みを突き破り、怨念と憎悪に塗《まみ》れて働き出し、身に粟を生ぜしむる事態に至ったのである。多分、このことが慶喜をして十五代将軍となりながら、翌慶応三(一八六七)年十月、大政奉還へと踏み切らせ、鳥羽伏見の敗戦を受けて大坂から江戸へと退き、江戸城の明け渡しまで決意させた一因となったのではないか。

こうなると頼徳の切腹は、先に天狗党の乱の一齣といったが、それにとどまらぬ事件であったと考えなくてはなるまい。だから神として祀られ、残った頼安には過大といってよい栄位が贈られ、徳川本家も面倒を見続けたのであろう。明治政権を握った側にしても、水戸学の恩恵を十二分に受けていたから、それを容認した。夏が有栖川宮熾仁親王《ありすがわたるひとしんのう》邸に行儀見習いとして入ったのも、その一端であったと思われる。妃貞子は斉昭の娘で、慶喜の妹である。しかし、平岡定太郎との結婚生活が不如意に終始したこともあって、納得しきれない思いを抱え、孫に語り続けた……。

なお、諸生党の頭目市川三左衛門は、戊辰戦争に加わって敗走、江戸に潜伏したが、明治二（一八六九）年、捕まり、水戸に送られ、四月、郊外の長岡原で逆さ磔の極刑に処せられた。田沼意尊は、慶応二年に若年寄を解任されたが、「勤皇証書」を出し、廃藩置県によって藩知事となって生涯を終えた。

*

ここまで書いた松平頼徳、頼安に関しての大半は、三島研究者なら承知している事柄で、越次倶子『三島由紀夫 文学の軌跡』（昭和五八年十一月刊）、山内由紀人『三島由紀夫VS司馬遼太郎』（平成二三年九月刊）などに詳しい。また、天狗党の乱の詳細は吉村昭『天狗騒乱』に読むことが出来、頼徳の最期は軍議の席上の報告として記されるにとどまるものの、そこに至る経緯はしっかり辿られている。筆者は、片山杜秀『尊王攘夷』（令和三年五月刊）によって、幕末において水戸学が如何なる在り方を示すに至ったかを知ると共に、頼徳の最期の様子を詳しく知って、衝撃を受け、改めて三島由紀夫にとっての意味を考えずにおれなくなったのである。

その頼徳に係る碑が都内にある。山手線高田馬場駅から早稲田大学へ向けて進み、明治通を渡ると、古本屋が並ぶようになる。その北側に郵便局があるが、次の辻を左に折れると、道はだらだらと下る。と左側に、朱に塗られた寺院がある。亮朝院である。新宿区西早稲田三丁目である。

その楼門を潜ると、正面奥が本堂だが、右手に石畳道がある。その石畳道すぐ左側、庫裏《くり》の前に高さ一メートル少々の自然石の板碑がある。紫陽花が茂り、ほとんど隠れていたが、押し分けると、表に「贈従三位大炊頭　松平頼徳卿記念碑」と刻まれていた。裏に回ると、「奉修先君五十回御忌正当供養」とあり、「殉死者氏名」と横書きされた下に、六十二人の名が刻まれている。頼徳に従い江戸から出向き、絶えず自制を求められながら戦い、切腹なり斬首され、または獄死した人たちである。そして、「大正二年十月五日　旧宍戸藩　仲誼会員謹建」とある。仲誼会とは、宍戸藩の元藩士なりその家族が構成する会であろうか。頼徳が切腹して五十年目のこの碑建立の日、頼安も、四十七歳になっていた夏も、出席したに違いない。

この亮朝院は、明暦元年（一六五五）、将軍家の祈祷所として設けられ、寛文十一年（一六七一）に現在地に移され、大規模な日蓮宗の寺院となり、江戸時代は広く親しまれた。左手の墓地には、「宍戸松平家之墓」と刻まれた、黒御影の立派な墓がある。昭和三十八年二月の建立である。背後には法要のための卒塔婆が数本立てかけられていた。三島由紀夫が生まれ育った家も同じ新宿区で、歩けばかなりあるが、そう遠くはない。

＊

三島自身は、頼安の奇矯な行動に終始する姿は描いたが、その兄の頼徳を採り上げることはなかった。忘れたのではなく、逆に胸中に深く抱え込んだのではないか。「何か偉大な神が死んだ」というふうに、二・二六事件を受け止めたのも、この事実ゆえであったのではないか。なにしろ自分の祖先、自分の血に係る事柄である。

昭和十六年末、大東亜戦争が始まるのに先立って、清水文雄の手によって『花ざかりの森』が「文藝文化」に連載（九〜十二月号）された。初めて三島由紀夫の筆名によるが、その序の巻には「わたしたちには実におほぜいの祖先がゐる」。その祖先が「美しい憧れのやうにわたしたちのなかに住まふこともあれば、歯がゆく、きびしい距離のむかうに立つてゐることもすくなくない」と書かれ、続いて、その祖先たちが、われわれのなかに「住まいをもとめ」「時計のやうにそのまわりをまはつて」いて、稀れに「共同生活」が始まることがある、とある。

もっともその祖先たちは、ここでは女たちに限られている。三つの巻にわたって、祖母と母、祖母が残した遠い祖先の夫人の日記、さらに平安朝の女人の物語、祖母の叔母が残した明治期の舞踏着姿の写真などが持ち出され、彼女たちに宿った尋常ではない強靭な憧憬の念を巡って綴られている。その憧憬の念が向けられるのは、海とも海の彼方とも、時には彼方の女人の胸に輝く十字架ともなる。そうして、憧憬の念を貫いて生きて老いた婦人が高台の風にもまれる林のなかに立ち尽くすところで終わる。この最後は、『豊饒の海』第四巻『天人五衰』の終わりといささか似ているが、祖母夏の面影を曳いているようである。そうして、なによりもその憧憬の念を受け継ぎ、かつそれを大きく展開しようとする思いを示しているのではなかろうか。

その点で、三島由紀夫という作家の出発を告げる作品としてふさわしいが、しかし、ここまで祖先に深く拘《こだわ》りながら、男ではなく、女にひたすら限定しているのはなぜだろう。当の祖母が語った頼徳を巡ってとなると、容易ではないと明確に承知するに至っていたのかもしれない。

これより二年前、昭和十四年十一月刊の学習院「輔仁会雑誌」には、中等科二年の平岡公威名で小説『館』が載っている。谷崎潤一郎『盲目物語』に倣ったと言ってもよさそうな、かつて仕えた殿様の行状を、老人が語る形式で綴られているが、その殿様は「酷《むご》い」所業に終始、「今様ねろ」と言われ、本人も「わしの手がなまあたたかい血潮でぬれそぼれるのを見たい」などとうそぶき、次々と実行するのだ。その様子がひたすら語られている。このため後篇は掲載が見送られたが、『決定版三島由紀夫全集』にその全編が収められていて、七十一ページにも及ぶ。どうしてこのような作品をこうも長々と、この中学生は書いたのだろうか。理由が分からず、嗜虐的嗜好を生来持っていたのではないかなどとも考えられたようだが、頼徳があのような辞世を残して切腹したと知れば、納得できるのではないか。

また、掲載不可とされたことによって、こうした作品を書くのを止めたわけではなかった。『花ざかりの森』以降でも、『夜の車』（文藝文化、十九年八月号、のちに改題「中世に於ける一殺人常習者の遺せる哲学的日記の抜粋」）と『縄手事件』（昭和十九年十月擱筆）の二篇がある。前者は、改題の通り殺人常習者の日記の抜粋という形式をとり、行われた殺人行為が次々と記されるのだが、冒頭では室町幕府二十五代（勿論、架空の）足利義鳥を手に掛けると、その「血が辰砂のやうに乾いて華麗な纈綢縁をだんだらにする」との文章が来る。高位の者の切腹には、こうした畳が用意されるのが常であった。『縄手事件』は、明治元年二月二十九日、新政府の成立に伴い謁見のため赴いた英国公使パークス一行を、京都四条縄手通で壮士二人が襲った事件である。斬りつけられた騎兵たちは落馬、混乱したが、パークスは、素早く馬に拍車をくれ、走り、護衛との斬り合いとなる。従っていた薩摩藩士中井も太刀を振い、奮戦、襲撃犯の一人の首を斬り落とすと、パークスのもとへ首を下げて走り寄り、面前に据える。

これらの作品も、頼徳の事件から三島が受けた衝撃によると思われるのだが、どうであろうか。

三島の早熟ぶりは、小学科最終学年の頃から始まっていた。三島自身が後年、自分の書いた最初の小説と認めたのが『酸模《すかんぽう》』（「輔仁会雑誌」昭和一三年三月号）である。多分、昭和十二年秋に書き、翌春に活字になったと思われるが、この頃から怖ろしい勢いで、様々な分野の作品を書けば、さらに輪をかけた乱読が始まり、最新の十九世紀末から二十世紀初めのヨーロッパ文学も手に取り、それに刺激され、詩や劇、小説のジャンルを問わず、書いて、学内の「輔仁会雑誌」に投稿、周囲の人たちを驚かすようになっていた。

その『酸模』だが、花の咲く丘の上の刑務所が舞台なのである。なぜ刑務所なのか。引き続き、昭和十三年春から翌年にかけて、新約聖書に取材した戯曲を幾篇も書いている。『路程』『東の博士たち』（「輔仁会雑誌」昭和一四年三月号）、『基督誕生記』である。いずれもキリスト誕生を控えた時期を舞台とする。

その『東の博士たち』だが、ガリラヤの地を支配すべくローマ皇帝から委ねられているエロド王が、自分の地位を奪われるのではないかと案じ、配下の者たちを疑惑の目で見ている。そうして有能で力を持つ千人長を斬首刑吏の手にうまく引き渡すが、それでも不安は消えない。この地位の不安定さは、天狗党の鎮圧に向った頼徳のものでもあったのではないか。そこへ東から博士たちがやって来て、イエスの誕生を知らせる。そこで生まれたばかりの幼児の皆殺しを命じる……。無辜のものたちの血が多量に流される事態となるのだ。

この時期、こうまでキリストの誕生前夜に拘ったのは、ワイルド『サロメ』を読み、衝撃を受けたからであろう。なにしろ井戸の底に設けられた牢獄＝刑務所から声が挙がり、やがてその声の主の首が、血をしたたらせて出現するのである。そうして先に触れた『館』を書くことになった……。

「十一、二歳のころであらうか、本屋で、岩波文庫のワイルド『サロメ』を見た。ビァズレエの挿絵がいたく私を魅した。家へかへつて読んで、雷に搏たれたやうに感じた。これこそは正に大人の文学であつた。悪は野放しにされ、官能と美は解放され、教訓臭はどこにもなかつたのである」（ラディゲに憑かれて――「私の読書遍歴」昭和三一年二月二〇日、日本読書新聞）と書いている。以後、しばしば取り上げ、望んで文学座の演出を担当することになると、「ここ二十年来の私の夢であつた」（「文学座プログラム」昭和三〇年一月）と記し、特異な舞台を作れば、最後、浪曼劇場での自らの追悼公演として、その詳細な演出プランを指示したのだった。

それだけに初めて読んだ時期が問題になるが、三島自身、中等科生となって小遣いを与えられ、初めて本屋の店頭で買い求めたのが、岩波文庫の『サロメ』(佐々木直次郎訳)であったといっているのだが、『底本三島由紀夫書誌』(薔薇十字社)の蔵書目録を見ると、昭和十三年(一九三八)五月刊の重版本である。ビアズレエの挿絵も入っている。しかし、果たしてこの時点で初めて読んだのだろうか。十一、二歳と言っているのは間違いであったのか。この戯曲は明治四十二年(一九〇九)に森鷗外らによって初めて翻訳され、以降、盛んに翻訳、紹介が行われ、大正二年(一九一三)には帝国劇場で上演され、広く話題となって来ているのである。

気になる本がある。帝国劇場での上演の翌三年の三月創刊のアカギ叢書八編として『サロメ』(大正四年七月)が出ている。手帳ほどの判型で、百ページ未満、定価十銭で、小学生高学年から中学初級生あたりの間で持て囃《はや》されたといわれる。ダンテ「神曲」、シェクスピア「ハムレット」、イプセン「人形の家」、ダヌンチオ(ママ)「廃都」などにマルコ・ポーロ「東方見聞録」、ダーウィン「進化論」、「ベルグソンの哲学」などと、ヨーロッパを中心に、よく知られた著作が収められ、当時、大学を出た気鋭の研究者たちが著訳者で、初歩的な啓蒙シリーズとして、よく売れたらしい。なにしろ安価で手軽なのが受けたようである。筆者自身、もう十数年も前になるが、地方の古書店で幾冊も並んでいるのを見た。当然、昭和になってもその頃は広く流通していたのではないか。早熟な少年が見逃すとは考えられない。

その『サロメ』だが、表紙には「オスカアワイルド作」とあるが、本文初めには「オスカア・ウッイルド原作　村上静人編」とある。原作はフランス語だが、ドイツ語訳（レクラム叢書キイフェル訳）に拠ったとある。収録作は長めではあるが、一幕の劇一編だけだから、他の巻のように要約したり抜粋する必要がなく、かなり忠実な全文訳であると注している。ただし舞台装置や演者の登場、退場、所作、心持ちなどト書も本文に書き込む、小説の書き方となっている。このため、やや冗漫で、台詞として迫るものがいささか希薄であるものの、読みやすく、今読んでもそれなりに訴える力がある。小学高学年の早熟な者には打ってつけではないか。仲間内で気軽に貸し借りも行われたに違いない。この書には、解題とワイルドの顔写真に舞台写真が入っている。

まだ三島由紀夫の名を持たない少年は、多分、この叢書あたりで初めて読み、その解題から『新約聖書』の長めの抜粋を見て、元の本にも当たって、材料として使い、戯曲を書こうと幾度も挑み、仕上げたのが『東の博士たち』であろう。その上で、掲載に際してアカギ叢書本に倣って、典拠に触れた「説明」と「梗概」を添えた……。

その時期が、昭和十三年の春よりも前、中等科生になったばかりか、または小学生の高学年の頃まで遡って考えなくてはなるまい。まさしく十一、二歳である。

こうなると、祖母とのことも考えなくてはなるまい。なにしろこの事件に激しい衝撃を受けたというのである。ただし、事件発生の時点とは限るまい。刑務所に収容され、当時は断片的な報道にとどまったと思われるが、青年将校たちの主張を多少は知り、銃殺刑に処せられた時点においてであったろう。第一回目は昭和十一年七月十二日、十五名であった。第二回目は翌十二年八月十九日、四名であった。人数は少なかったが、月日を置いただけ、二回目が強い衝撃だったのではないか。青年将校たちは、天皇に忠誠を尽くして行動したはずであったが、神として祀られるどころか、一方的に罪としての死を科せられて終わったのだ。それが頼徳の切腹死に対する痛憤の思いを蘇らせた……。

頼徳の死について、祖母が孫に語り、ノートを採らせたのは、この衝撃からだったのではなかろうか。すでに述べたが、昭和十二年春に三島は初等科を卒業、四月に中等科へ進むと、祖母の許から父母の許へ移り、日々電話をすれば、土曜あたりには泊まる約束で、それをきちんと実行していた時期である。

その孫の方は『サロメ』を読んだ衝撃の中にいて、キリスト出現期を舞台に戯曲を書こうと努めていたのだ。そうして祖母の話を聞き、ノートに書き留め、照応するものを覚えもしたろう。なにしろエロド王の地位は、怖ろしく不安定なもので、心ならずもヨハネに斬首を命じなければならず、その首に接吻するサロメの殺害も命じずにはおれない……。そうした思いもあって、これらの戯曲を書こうと繰り返し繰り返し努め、出来不出来はあったが、ともかく書いた……。店頭で岩波文庫を手にしたのは、やはり再版されたその年の五月以降のことで、ビアズレエの挿絵が与えられたばかりの財布を開かせたのだ。
いま書いたことはあくまでも推測の域を出ないが、こう考えれば、納得のいくところがあるのではないか。なにしろ「神が死んだ」とまで言わずにおれない衝撃を受けたのである。

本稿は「三島由紀夫の切腹――天狗党の乱の衝撃」の題で「季刊文科」八六号、令和三年一〇月刊に掲載したものを改訂し、最後の二つの節を全面的に書き改めたものである。

編集部注：松本徹氏は文芸評論家、作家。三島由紀夫文学館前館長。

三島由紀夫と橋家——もう一つの母方のルーツ

岡山典弘

一、祖父・橋健三

誰もが平岡家を語るが、橋家に言及する者はほとんどいない。平岡定太郎となつ（夏子）ばかりが論じられて、橋健三とトミは等閑視されてきた。あたかも三島由紀夫には、定太郎・なつという父方の祖父母しか存在しなかったかのようであり、「一世紀ぐらい時代ずれのした男」と「或る狂ほしい詩的な魂」の女だけが三島文学の形成に影響を与えたかのような印象を受ける。しかし、それは事実だろうか。三島は、母方の橋家からは大して影響を受けなかったのだろうか。

健三は、万延二（一八六二）年一月二日に金沢で生を享けた。加賀藩士の瀬川朝治とソトの間に次男として生まれ、武士の血をひく。健三は幼少より漢学者・橋健堂に学んだ。明治六（十二歳）年、学才を見込まれて健堂の三女・こうの婿養子となり、橋健三と名乗る。健三は十四、五歳にして、養父の健堂に代わり講義を行うほどの俊才だったという。

やがて健三は妻子を連れて上京し、小石川に学塾を開く。「鹿鳴館の時代」であり、文学の革新の時代でもあった。明治二十一年（二十七歳）、共立学校に招かれて漢文と倫理を教え、幹事に就任する。妻・こうの死去により、健堂の五女・トミを後妻とした。明治二十七年（三十三歳）、学校の共同設立者に加わる。明治四十三年（四十九歳）、第二開成中学校（神奈川県逗子町）の分離独立に際して、健三は開成中学校の第五代校長に就任した。

開成中学校校長としての健三の事績は『開成学園九十年史』(1)に詳らかで、主に同書に拠り、他の学園史も参考にしながらその足跡を辿ることにしよう。(2、3)顔写真を見ると、健三は白い長髯を蓄えて、眼光炯々とした異相である。生徒は、「青幹《あおかん》」「漸々《じえんじえん》」「岩石《がんじえき》」と渾名をつけたという。

橋校長は漢文も教えられたが、式の時など、あご鬚をかきなでられたあと、謹厳重厚な態度で教育勅語を奉読され、また漢文の奉祝文「維時大正何年何月何日何々佳辰云々」といったようなのを読まれ、ご自身の名「健三」を「ケンソウ」と濁音なしで称えられるのを常とした。（『開成学園九十年史』）

漢文の授業では、教科書として四書五経ではなく、『蒙求《もうぎゅう》』を使用した。唐の李瀚《りかん》が編纂した『蒙求』は、清少納言から漱石に至るわが国の文学者に影響を与えた故事集である。テキストの選択から健三の教育観の一端を窺うことができる。

開成の誇るべきは教授陣であった。大屋敦は「第一、先生がよかった。職業教師などには見られぬ品格があった」[4]、伊部恭之助は「後年、東大や京大の教授や碩学に名を連ねた若き先生方がそろっていた」と回想している[5]。

確かに歴代校長には、錚々たる顔触れが揃っている。初代校長は、高橋是清。第二十代内閣総理大臣を務め、六度目の蔵相在任中の昭和十一年二月二十六日、折からの雪をついて蹶起した青年将校の銃弾に倒れた。是清は、健三の後ろ楯でもあった。第四代校長の田辺新之助は、『万国地理新書』や『明十家詩選』などを上梓し、英学者にして漢詩人として令名を馳せた。長男が哲学者の田辺元で、三島は学習院時代から『歴史的現実』など元の著書に親しんでいる。第九代校長の東季彦は、商法の権威で、のちに日本大学学長に就任する。季彦の一人息子が、夭折した東文彦である。三島と文彦との親交は『三島由紀夫十代書簡集』に詳しく、晩年の三島は『東文彦作品集』の刊行に尽力した。二・二六事件、田辺元、東文彦……、健三をめぐる歴代校長の人脈と三島との関わりは意外に深い。

開成学園の歴史は、明治四年に佐野鼎が共立学校を開設したことに始まる。校舎は、神田淡路町

（現在の神田駿河台）のニコライ堂近くに位置していた。日露戦争の勝利の余波で進学熱が高まり、入学志願者の増加に対応して、校舎を増築する。しかし建築費が予算を大幅に上回り、大正元年に出資者の三人が辞して、健三と石田羊一郎、太田澄三郎の三人が校主となる。健三は雇われ校長ではなく、学校経営者であった。学校の移転拡張を図るため、大正四年に組織を財団法人とし、校主は理事となる。当時の寄付行為第五条には、三校主が学校の動産及び不動産の全部を寄付し之を財団法人の財産とすることが謳われており、「この三校主の勇気決断は、この学校の出身者の特に肝に銘記しなければならないことである」と学園史に記されている。

建物は老朽化・狭隘化が著しく、教室の床や廊下は波打ち、机は穴だらけで、生徒は「豚小屋」と呼んだという。校舎の移転整備が課題であるが、学校側には土地も資金の当てもなかった。そこで健三たちは、窮状を詩文に託して早稲田大学教授の桂湖邨に訴えた。桂はこの話を前田利為侯爵に伝え、大正十年に前田家の所有地を格安で払い下げて貰うことになった。場所は、現在の新宿文化センター一帯である。詩文で土地を手に入れるとは、三島の祖父に相応しいエピソードである。漢学者の桂は『王詩臆見』など王陽明に関する論文を著し、『奔馬』の藍本《らんぽん》の一つ『清教徒神風連』の著者・福本日南とも親交があった。前田家の当主・利為は、陸大二十三期恩賜の有能な軍人で、二・二六事件時には参謀本部第四部長の職にあり、のちに東条英機と対立する。

ところが、この土地に目をつけた東京市長・後藤新平が、電車車庫の整備を計画して、学校側に譲渡を申し入れてきた。健三は直ちに突っぱねた。是清からも譲渡を勧められるが、硬骨漢の健三は拒絶する。やがて関係者と相談した結果、市民のために東大久保の土地を譲る。紆余曲折の後、学校は新たに日暮里の現在の高校敷地を入手した。土地は確保したものの建設資金が不足していることから、広く寄付金を募るとともに、淡路町の校舎敷地を売却する。このため大正十二年、古校舎を運動場に移築することにした。工期は七月末から八月末までの一カ月であった。

九月一日、健三たちの完成検査で不具合が見つかり、引き渡しを延期する。その日の正午二分前、関東大震災が襲う。移築したばかりの古校舎の屋根瓦は瀧のように雪崩れ落ち、備品もろとも全焼した。さらに生徒二名が死亡し、罹災者は二百五十名を数えた。健三は、これに怯まず牛込区（現在の新宿区）原町の成城中学校の校舎を借りて、九月二十五日から授業を再開する。十一月、焼け跡にバラック校舎が完成すると、淡路町に帰って二部授業を行う。屋根はトタン葺きで、雨の日は喧《やかま》しくて講義が聞きとれず、焼け野原を運動場に代用したという。

大正十三年、文部省から震災応急施設費貸付金の交付を受けて、日暮里の新校舎建設に着手する。建設費を節約するため、床と柱は鉄筋コンクリート、間仕切りの壁などは木造モルタル仕上げに簡素化した校舎が、十月に竣工する。鉄筋コンクリート式と「式」の字をつけて建設登記をした。天長節の朝、全生徒を淡路町の仮校舎に集合させ、堂々の隊伍を組んで日暮里の新校舎に徒歩で向かった。十二月、創立五十周年記念式並びに新校舎落成祝賀会を開催する。

伊部恭之助は、「橋校長は教育者として当時、非常に有名な人だった」と証言している。健三は英語教育に力を入れ、生徒の個性を尊重した自由な校風を築き上げた。しかし改元とともに、醇朴《じゅんぼく》で自由主義的な開成にも軍靴の響きが聞こえてくる。昭和二年より、四年生は千葉県下志津、五年生は静岡県滝ヶ原において野営演習を行うようになる。五日間の厳しい訓練を終えて、四年生が全員無事に帰ってきた。学校の玄関で彼らを迎えたのは、健三の白髯であった。「感極まって出る涙が、いつしか校長先生の瞳に輝いてゐたやうで、自分等も全くおぼろに見えた。神聖なる労苦を、無事終へた涙であった」と、その時の情景を一人の生徒が著している。

昭和三年、健三たち三人の理事は勇退する。明治四十三年の就任以来、校長在任期間は明治・大正・昭和の三代にわたり十八年に及ぶ。学校に招かれてから通算して三十九年。その間、広く官界、法曹界、学界、経済界などに人材を輩出した。

明治三十四年卒の独文学者・吹田順助。『三島由紀夫十代書簡集』には、「ヘルデルリーンの『ヒユーペリオン』（吹田氏訳）などを買って」とあり、のちに同書は『ダフニスとクロエー』とともに『潮騒』の藍本となる。

明治三十六年卒の仏文学者・内藤濯。三島はラシーヌの『ブリタニキュス』の修辞を行うが、アンチョコとして机辺に「内藤濯先生の正確無比、かつ高雅艶麗な名訳」を置いておき、苦しんだ時には、「無断で先生の訳を盗用した」。

大正九年卒の哲学者・田中美知太郎。三島は田中を畏敬し、会う際には必ずネクタイを着用したという。三島は、田中が主宰した日本文化会議に参画し、シンポジウム記録『日本は国家か』が残されている。

大正十三年卒の仏文学者・佐藤朔。三島は佐藤が翻訳したコクトーやジイドなどを読み、『小説家の休暇』には一夕、酒を酌んだことが記されている。

昭和二年卒の俳優・中村伸郎。中村は、文学座で三島戯曲の『鹿鳴館』、『薔薇と海賊』、『十日の菊』などに出演する。昭和三十八年、『喜びの琴』を巡る騒動で文学座を退団し、劇団NLT、浪曼劇場と三島と行動をともにした。中村は、存在感のある知性派の役者であったが、とりわけ『朱雀家の滅亡』と『わが友ヒットラー』の好演で名高い。このように健三の教え子たちと孫の三島は、数十歳の年齢差を超えて深い繋がりを持っていた。

前掲の三島の縁戚になる大屋敦（元住友化学社長）や伊部恭之助（元住友銀行頭取）ばかりか、三島の父・平岡梓も健三の教え子なのである。そして、三島本人は「祖父（母方）が漢学者で、漢学や国学に惹かされた」と記している[6]。

永年にわたり健三は、赤字と粗末な校舎を抱えた開成中学の校長・理事として奮闘した。校舎の移転用地を確保し、建設資金を集め、震災を乗り越えて新校舎を竣工させた。また、校長就任時に六百名であった生徒定員を文部省との粘り強い交渉の結果、千名に拡充している。開成学園の今日の隆盛の礎は、健三が築いたといっても過言ではない。こうした多年の功績により、大正十二年二月、健三は勲六等に叙せられ、瑞宝章を授与された。

開成が、明治、大正のわが国家の発展時代において、社会のあらゆる層に、指導的人材を多数送り得たのも、また現在わが国の中、高等学校中、最優秀の名門としてその実績をあげているのも、三先生（橋、石田、太田）の永年にわたる献身的な御努力に帰すべきものが最も多いのである。（『開成学園九十年史』）

「古い家柄の出」で、出自の低い定太郎を「憎み蔑んでいた」なつが一人息子・梓の嫁に迎えたのが、健三の次女・倭文重《しずえ》であった。健三は、開成中学校校長を辞職後、昌平中学（夜間）の校長として、勤労青少年の教育に尽瘁《じんすい》した。昭和十九年、四男の行蔵にその職を譲り、故郷の金沢に帰った。同年十二月五日、健三は永眠する。享年八十四であった。

二、西大久保の橋家（トミ・健行・行蔵）

倭文重の実家である橋家の写真が残されている。

松本徹編著の『年表作家読本 三島由紀夫』に掲載された一葉には、庭に立つ倭文重と公威、美津子、千之の親子四人の背後に建物の一部が写っている(7)。木造ながら瀟洒な洋館である。大正五年、健三は小石川から下豊多摩郡西大久保(現在の新宿区)に転居しており、写真は西大久保の家であろう。この洋館の佇まいからも、橋家の家風が頑迷固陋な漢学者とは一線を画して、開明的であったことが窺える。

健三の後妻トミは、明治七年に金沢で生を享けた。父は橋健堂、祖父は橋一巴で、いずれも加賀藩の漢学者である。トミは、六人姉妹の五番目で、姉につね、ふさ、こう、より、妹にひながいた。母の実家・大村不美の養女となる。大村家は金沢きっての素封家《そほうか》であったという。姉・こうの死去により大村家を離れて、明治二十三年に健三の後妻となる。健三は二十九歳、トミは十六歳であった。二人の間には、雪子、正男、健雄、行蔵、倭文重、重子の三男三女が生まれた。トミは、生家で漢学や国学の手解きを受け、養家が金沢の素封家であったことから加賀宝生に親しんだものと思われる。東京では、観世流の謡を稽古した。

昭和十三年、中等科二年の公威はトミに連れられて能を観る。初めて目にした能が『三輪《みわ》』であったことは、三島の生涯を思うと極めて暗示的である。『三輪』は、世阿弥の作と伝えられる四番目物であり、三輪明神が顕現する。『奔馬』で本多繁邦と飯沼勲が邂逅する場所は、わが国最古の神社で、謡曲『三輪』の舞台となった大神神社である。

昭和二十年二月、三島は兵庫県で入隊検査を受け、即日帰郷となる。金沢のトミから三島に宛てた二月十七日付けの書簡には、「心の亂れといふものが千々の思ひに幾日かを過ごす」とあって、孫の身を気遣うトミの温かい人柄が偲ばれる。書簡の末尾には、「トミ」ではなく「富子」と署名している。(8) これは戸籍名「なつ」でありながら、日常は「夏子」と称したもう一人の祖母と似た事情であろうか。

兄弟について、倭文重は「私なんか娘のころ、男はやさしいものと思い込んでいました。実家の兄たちを見なれてましたからね」と証言している。(9)

昭和五年一月、公威は自家中毒に罹り、死の直前までゆく。

経帷子や遺愛の玩具がそろへられ一族が集まつた。それから一時間ほどして小水が出た。母の兄の博士が、「助かるぞ」と言つた。心臓の働らきかけた証拠だといふのである。ややあつて又小水が出た。徐々に、おぼろげな生命の明るみが私の頰によみがへつた。（三島由紀夫『仮面の告白』）

『仮面の告白』に登場する「母の兄の博士」が健行《けんこう》である。橋健行は、明治十七年二月六日に健三・こうの間に生まれた。生母・こうの死去により、明治二十三年からトミに育てられる。

健行は、ブリリアントな秀才であった。明治三十四年に開成中学を卒業し、一高、東大医科に進んで精神病学を専攻するが、常に首席であったという。[10] 斎藤茂吉は、『回顧』に「橋君は、中学でも秀才であつたが、第一高等学校でもやはり秀才であつた。大学に入つてからは、解剖学の西成甫君、生理学の橋田邦彦君、精神学の橋健行君といふ按配に、人も許し、本人諸氏も大望をいだいて進まれた」と記している。[11] 茂吉は、開成中学の同級生・健行に二年遅れて医師となった。一高入試に失敗し、東大在学中にチフスで卒業延期となったためである。

健行は、早熟な文学少年であった。開成中学三年（十四歳）頃から文学グループを結成した。[12] 村岡典嗣（日本思想史）をリーダー格として、吹田順助（独文学）、健行、菅原教造（心理学）、菊池健次郎（医師）、江南武雄（画家）、今津栄治、樋口長衛、新井昌平の九名で、「桂蔭会」と称して廻覧雑誌を作った。弁舌爽やかな少年たちで、住居が本郷を中心としていたことから「山手グループ」と呼ばれた。また「桂蔭会」は、「竹林の七賢」とも称されて、周囲に大きな刺激と影響を与えた。触発された生徒のなかに茂吉や辻潤がいた。当時の「桂蔭会」メンバーの写真を見ると、健行は帽子をあみだに被り、自負心の強そうな面構えをしている。

吹田の自伝に「桂蔭会」の思い出が綴られている。[13] 彼らは、校庭の一隅にあった桂の木蔭で哲学を論じ文学を語った。紅葉、露伴、鷗外、一葉、樗牛、上田敏、キーツ、バイロン、ゲーテなどを読んだという。村岡は、親戚の佐佐木信綱家で仕入れた文学知識が豊富であった。正月には、村岡が選んだ「万葉百人一首」で歌留多を作り、今津の所で遊んだ。浅草の智光院における講演会や合評会、房州めぐりの旅行作文会などを試みる。国文の教科書の一つが『土佐日記』であったことから、古典にも興味を持つ。村岡は、しきりに「『八犬伝』が面白い」と仲間に薦めた。

開成中学の『校友会雑誌』は投稿を建前としていたが、実態は課題作文の優秀作を掲載することが多かった。このたび、開成高等学校の松本英治教諭（校史編纂委員会委員長）の御協力を得て、『校友会雑誌』に掲載された健行の文章が明らかになった。『立志』[14]、『銚子紀行』[15]、『転校したる友人に与ふる文』[16]、『少年は再来せず』[17]、『筆』[18]の五つである。

一たび走れば、数千万言、奔馬の狂ふがごとく流水の暢々たるが如く、珠玉の転々たるがごとく、高尚なる思、優美なる想を、後に残して止まらざるもの、これを文士の筆となす。（橋健行『筆』五年生）

蒼古たる文章である。無理もない。明治三十三年は、泉鏡花の『高野聖』や徳冨蘆花の『思出の記』が発表された年である。しかし「一たび走れば、数千万言、奔馬の狂ふがごとく……」という一文は、三島由紀夫という作家を予見したような感がある。そして『校友会雑誌』の常連であった開成中学の文学少年・健行は、四十年後に『輔仁会雑誌』のスタアとなる学習院中等科の文学少年・公威を髣髴とさせる。「桂蔭会」で村岡や吹田に伍した健行の文才は、なまなかなものではなかった。

東大精神科の付属病院は、東京府巣鴨病院（のちの松沢病院）であった。大正期、院長は呉秀三教授、副院長は三宅鉱一助教授、医長は黒沢良臣講師と橋健行講師の体制をとっていた。内村鑑三の長男・祐之は、健行や茂吉の後輩医師で、東大教授、プロ野球コミッショナーなどを歴任した人物である。祐之の自伝には、黒沢が「細心、緻密」、健行が「豪放、磊落」で、「好個のコンビをなし、このすぐれた両医長のもとで、医局は、好学と調和と勤勉さとに満ちた好もしい空気をかもし出していた」と記されている[19]。

当時、巣鴨病院の入院患者のなかには、有名な「蘆原将軍」こと蘆原金次郎がいた。将軍は、長い廊下の突き当りに月琴などを携えて回診を待っていた。医師が来れば、赤酒の処方を強要した。

> 明治四十三年十二月のすゑに卒業試問が済むと、直ぐ小石川駕籠町の東京府巣鴨病院に行き、橋健行君に導かれて先生に御目にかかつた。その時三宅先生やその他の先輩にも紹介してもらつた。[11]（斎藤茂吉『呉秀三先生』）

健行と茂吉の「先生」とは、呉秀三である。箕作阮甫の流れを汲む秀三は、日本の精神医学の先駆者で、鷗外に親炙し、『シーボルト先生』や『華岡青洲先生及其外科』を上梓するなど名文家としても知られた。そして秀三の長男が、ギリシア・ラテン文学の権威・呉茂一である。三島は、昭和三十年頃に「呉（茂二）先生」からギリシア語を学ぶ。秀三―健行、茂一―三島の二組の師弟関係は、奇しき因縁である。

大正十四年六月、秀三が松沢病院を退任し、院長に三宅、副院長に健行が就任する。[20] 昭和二年八月、健行は松沢病院副院長から千葉医科大学（現在の千葉大医学部）助教授に転出する。六年七月から八年九月まで二年余り欧米に留学。帰国した年の十一月に教授となり、十年三月から付属医院長を兼ねた。[21] しかし翌十一年四月十七日、健行は危篤に陥る。川釣りで風邪をひきながら、医院長として無理をした結果、肺炎をこじらせたのである。報せを受けて、茂吉は急遽千葉に向かう。

四月十七日　金曜　晴

夕方二ナルト千葉ノ精神科カラノ電報デ橋健行君ノ危篤報知ガアツタノデ自動車デ出掛ケタ。利根川二釣リニ行ツテ風ヲ引イテヰタノヲ病院長デアツタタメニ無理ヲシテ肺炎カラ肋膜、（ピオトラックス）ルンゲンガングレン。ガスフレグモーネ。弟達ノ愉血ヲシテヰタ。十時二東京著、イロイロ悲歎シテナカナカ眠レナカツタ。

四月十八日　土曜　曇細雨　夜、風強シ蒸暑シ。

午前十時四十一分ノ御茶ノ水発ノ省線電車ニテ千葉ノ橋健行君ノ見舞ニ行ツタガ病院ニツクト、丁度二十分程前ニ死亡シテヰタ。橋ハ中学ノ同窓デ専門モ同ジニナツタガ、コノゴロハ僕ハ会ウコトハナカツタ。[11]（斎藤茂吉『日記』）

昭和十一年四月一八日、健行は五十二歳の男盛りで急逝する。「ルンゲンガングレン」とは、肺化膿症のことであろうか。[22] 健行の葬儀は、四月二十二日であった。友の葬儀に参列するため、茂吉はみたび千葉に赴く。

四月二十二日　水曜
朝早ク御茶ノ水駅カラ乗ツテ千葉ニ行キ橋家ニ行ツテオクヤミヲ云ヒ、香典十円ト今日ノ葬式ヘノ花輪ノ同窓人名ヲ報ジ、大イソギニテ焼香シテ、ソレカラ東京ニ帰リ、森しげ子夫人ノ葬式ニ行ツテ焼香シ、葬儀ノ手伝ヲナス。夕方ニナツテ帰宅シタガ体ガ非常ニ疲レタ。コレハ連日ノ精神的打撃ノタメデアツテ、必ズシモ体ノミノ疲労デハナイ。[11]（斎藤茂吉『日記』）

文中「森しげ子夫人」とあるのは、森鷗外の未亡人・志げで『スバル』に小説を発表した作家でもあった。葬儀の掛け持ちで、肉体的にも精神的にも疲労困憊した茂吉の様子が窺える。のちに茂吉は健行の挽歌を詠み、これを歌集『暁紅』に収めた。

弔橋健行君
うつせみのわが身も老いてまぼろしに立ちくる君と手携はらむ

昭和十六年五月、健行の死から五年ほど後、一人の客が茂吉の家を訪れる。客は、八十歳を越えた健三であった。

五月十一日　日曜　クモリ
午後橋健三先生御来訪故健行君ノ墓碑銘撰ト書トヲ依頼シテ帰ラル。(11)（斎藤茂吉『日記』）

健三は、亡き息子の墓碑銘の撰文と揮毫を茂吉に依頼した。律儀な茂吉は、恩師・健三の頼みを引き受ける。五月二十三日から三十日にかけての日記には、友の生涯を文に編むために呻吟する茂吉の姿が記録されている。

七月一日　火曜　クモリ　蒸暑

客、橋健三先生、墓碑銘改ム、墓碑銘改作、汗流ル。[11]（斎藤茂吉『日記』）

最も期待した長子に先立たれて、老いた健三の悲しみは深かった。茂吉が撰した墓碑銘によって、健三の心は幾分か慰められたように思われる。三島が北杜夫に好意を寄せて『楡家の人びと』を高く評価したのは、トーマス・マンを範とする文学観の共通性の故ばかりでなく、健行と茂吉との深い絆を知っていたからではあるまいか。

健行は、『校友会雑誌』のほかにも文章を残している。秘録『卯の花そうし』。これは、巣鴨病院の医局員が書き綴った数十冊にも及ぶ記録で、白山花街での遊蕩や医局の光景が生々しく描かれている。藤岡武雄の研究によると、「橋が《ヤトナを当直部屋に置かう》と提案」したという一文も見られるという。[23]さらに健行には、『黴毒性神經症に就て』、『精神療法ノ醫學的根據ニ就テ』などの学術論文がある。

昭和十九年、昌平中学の校長を行蔵に譲って、健三は金沢に帰ってゆく。健三は、苦学生教育をライフワークと考えていた。明治三十六年、健三たちの尽力によって、開成中学にわが国初の夜間中学・開成予備学校が併設される。第一期入学生は僅か二十二名でしかなかったが、唯一の夜間中学であったことから、生徒数は年々増加し、大正十年には一三五五名という大所帯となった。生徒の職業は、銀行や会社の給仕から商店の小僧、印刷屋の職工、玄関番など千差万別で、年齢は十五、六歳から三十歳位までであったという。震災で校舎が焼失したため、大正十五年、神田駿河台に新校舎を建設する。昭和十一年に校名を昌平中学と改称した。

昌平中学の経営は常に赤字であった。健三は、勤労学生から高い月謝をとろうとせず、赤字が累積し、ついには身売り話まで出るようになった。昭和十六年、四男の行蔵がマニラから帰国する。行蔵の実像は、昌平高校の米山安一教諭の手記『夜学こそ我等が誇り』に描かれている。(24) 同手記に拠って、行蔵という人物を見てみよう。

橋行蔵は、明治三十四年に東京で生まれた。慶応大学を卒業後、横浜正金銀行（現在の三菱ＵＦＪ銀行）に入行し、上海やマニラで海外駐在員として活躍する。帰国した行蔵が目にしたのは、八十歳の健三が杖をつき、電車の人混みに揉まれながら赤字の昌平中学に通う姿であった。これを見かねて、行蔵は父の仕事を手伝う決意をする。銀行業務を終えると、急いで立ち食いの鮨で夕食をすませ、昌平中学に駆けつける毎日が始まった。

やがて学校の理事たちは、「本気で父君の跡を継いでやる気があるのかどうか」と行蔵に詰め寄る。行蔵は、横浜正金銀行の会計課長として月給二五〇円であった。昌平中学に転職すれば、これが一気に七〇円に下がる。話を聞いた銀行の幹部は猛反対する。重役の椅子が待っている有能な行員を、万年赤字学校に行かせる訳にはいかない。しかし行蔵にとって、大切なのはキミ夫人の意見だけだった。キミは、静かにこう言った。「貴方さえよろしかったら」

横浜正金銀行の退職金は五万円であった。五万円あれば、当時十年は楽に暮らせた。行蔵は、退職金を学校の赤字の穴埋めにつぎ込む。こうした努力にもかかわらず、終戦の混乱期には生徒数が二、三十人にまで減少した。この危機を乗り越えるため、行蔵は奇抜なアイデアを捻り出す。一つは英文タイプである。行蔵は、共同通信の記者・中屋健一を説き伏せて、会社の地下室で埃を被っていた英文タイプを借り出した。学校に英文タイプ部や英会話部を結成して、タイプ仕事を請け負ったのである。折からの英語ブームに乗って、これが大いに繁盛した。のちに中屋は、東大教授に就任して米国史研究の第一人者となる。

もう一つのアイデアは予備校である。戦後の学制改革によって、昌平中学は昌平高校となった。行蔵は、学制改革で大学の受験競争が激化すると予測し、理事たちの反対を押し切って予備校「正修英語学校」を設立する。建物は、昼間の空き教室を利用した。吉村昭の文学的自伝には「御茶ノ水駅近くにあった正修英語学校という予備校に通った」とある。(25) 大江健三郎が通ったのもここと思われる。結果的に行蔵の予測が見事に的中し、予備校収入のお陰で夜間学校は存続することができた。

校長としての行蔵の初仕事は、職員便所の撤廃であった。「先生がションベンしているところを、生徒に見られたって、別に恥ずかしいこたあ、ねえだろう」。行蔵は、生徒たちの悩みや相談ごとにも気軽に応じた。夜間の授業が終わり、残っている生徒の面倒をみると、行蔵は一人で校舎のなかを見廻った。戸締りを確認し、火の用心をしてから世田谷の自宅に帰り着くと、午後十一時であった。

行蔵は、一度烈火のごとく怒ったことがある。昭和三十六年十月一日、昌平高校は秋の遠足を予定していた。前日の天気予報が台風の接近を告げたため、教務担当は遠足の延期を発表した。折り悪しく行蔵は不在だった。後で報告を受けた行蔵は激怒する。

「お前は、だいたい何年定時制の学校にいるんだ。馬鹿。生徒はな、おい、十月一日に勤め先を休むためには、どのくらい前から工作しているか、分からないのか。前々から他人の仕事までしてやったり、朝早く出勤して自分のノルマを片付けておいたり、年齢なりに頭を働かせて休みをとってあるんだ。いつでもお前は授業のことしか考えていない。けしからん。昔は、ドシャ降りのなかで、爽快なる大運動会をやったもんだ。台風ぐらいで遠足を中止する、何ということだ」

顔写真を見ると、行蔵はげじげじ眉毛が印象的な面長で、笑顔が三島と似ている。ただし、六尺豊かな偉丈夫であったという。健三の衣鉢《いはつ》を継いで夜学に後半生を捧げた行蔵は、昭和三十七年に逝去する。享年六十二であった。

平岡家は官僚・法律家の家系であり、永井家（公威の祖母の父）は経済人の家系であって、橋家は学者・教育者の家系である。この三家の人々のうち、学生時代の印象が三島と似ているのは健行である。理系と文系と進む道は違ったが、二人とも秀才で早熟な文学少年として認められていた。

健行本人はもとより、健行近くの秀三、茂吉、祐之らは、いずれも文人肌の優秀な精神科医で、背後には森鷗外の影があった。

三、三島由紀夫と金沢

三島の曽祖父は、橋健堂である。諱は鵠、字は反求、蘭亭と号した。[26] 父は一巴（幸右衛門）、母は石川家の出で、金沢に生を享けた。健堂は書を善くした。長町四番丁（城下西部）に「弘義塾」を開くとともに、石浦町（城下中央部）に「正善閣」を開いて習字を教えるが、後者の対象は女子である。

健堂は、多数の子弟を教育し、「生徒常に門に満つ」と称された。安政元（一八五四）年、加賀藩による「壮猶館《そうゆうかん》」の開設にともない、漢学教授となる。

卯辰山《うたつやま》（向山・標高一四一メートル）は城東二キロメートルの地で、泉鏡花の生家（下新町）に近い。あたりには、『義血侠血』の天神橋、『縷紅新草』の仙晶寺（蓮晶寺）、『照葉狂言』の乙剣宮などが散在し、山上には鏡花の句碑「はゝこひし　夕山桜　峰の松」が立つ。卯辰山は、金沢城を一望する要衝の地であることから、久しく開発が禁じられていた。慶応三（一八六七）年、藩主・前田慶寧の英断によって、卯辰山開拓の大工事が行われた。[27] 慶寧は、福沢諭吉の『西洋事情』に感化されて、「養生所」、「撫育所」、「集学所」などの医療・福祉・教育施設や、芝居小屋、料亭、茶屋など娯楽施設の整備を図る。

「集学所」の建設に尽力したのは、成瀬長太郎、米沢喜六、春日篤次など金沢の町年寄たちで、加賀藩の民間活力導入プロジェクトといえよう。(28)「集学所」は、庶民の子弟を対象とする「郷校」で、正しくは「町方会社集学所」といった。教科は素読・会読・講書からなる漢学、習字、算術で、無料だった。「集学所」の学童は、一五〇名程度であったという。当時の子供たちが行き来した坂道は、今も「子来坂《こらいざか》」という名を留めている。健堂は「集学所」で教鞭をとる。時間割を自由にして、夜学の部を設けた。また『四書五経』中心の講義を改めて、『蒙求』を講じた。

明治三年、藩の文学訓導、筆翰《ひっかん》教師となる。廃藩置県後の明治六年、小学校三等出仕に補され、八年、二等出仕に進み、十二年、木盃をもって顕彰された。健堂は、夜学や女子教育の充実など、教育者として先駆的であった。そして「壮猶館」、「集学所」など、その出処進退は藩の重要プロジェクトと連動していた。

健堂の人となりは、「金沢は大藩なるを以て貴介の子弟来りて贄を執るもの少なからず、蘭亭之を視ること他生と異ならず、厳正自らを持し、教ふるに必ず方あり、名士多く其門に出づ」と『金沢市教育史稿』にある。金沢の素封家・大村家から妻を迎え、つね、ふさ、こう、より、トミ、ひなと六人の子をなすが、いずれも娘であったため、瀬川健三を三女・こうの婿養子とした。健堂の『蒙求』中心の漢学や庶民教育にかける熱意は、養子の健三に継承される。明治十四年十二月二日、健堂は五十九歳で没し、野田山に葬られた。(29)野田山(標高一八〇メートル)は、城南四キロメートルに位置し、前田家墓所をはじめ、戦没者墓苑、市民墓地が北側の斜面に広がっている。

橋往来は、一巴の長男で、健堂の兄とされている。越次倶子の『三島由紀夫　文学の軌跡』には、往来が「一巴の長男」、健堂が「一巴の次男」と明記され、それを裏付ける「橋家系図」が掲載されている。[30]

しかし『金沢市教育史稿』には、往来の「父は幸左衛門、母は石川氏なり、往来幼にして兄一巴と」と書かれている。これが正しければ、一巴と往来の関係は親子ではなく、兄弟となる。また『金沢墓誌』の健堂の項に「兄健堂の後を承け、筆翰句読を徒に授く亦健堂と称す」と記され、『石川県史』には、健堂について「初め兄健堂、筆翰句読を以て徒に授け、蘭亭も亦少くして書を善くし、倶に時人に称せられる。既にして兄没し、蘭亭その後を承く。因りて又健堂と称し」とある。[31]これに誤りがなければ、健堂（蘭亭）の兄は往来ではなく、早世した先代の健堂ということになる。往来は健堂の兄ではなく、叔父なのであろうか。今後の研究課題である。

橋往来。諱は敬、字は子義、石圃と号した。通称を安左衛門、のちに往来と改める。書を橋観斎に学び、後晋唐宋明諸名家の法帖を臨んで一家の機軸を出す。嘉永四（一八五一）年、家塾を開くと「学ぶ者常に数百人、聲名嘖々として遠近に聞え」、翌年に町儒者の免許を得る。慶応三（一八六七）年、加賀藩の書写役雇となり、明治三年、藩の文学訓蒙となる。明治五年、小学校三等出仕に補され、八年、二等出仕に進む。

往来は、端正質素で篆刻《てんこく》を好んだ。『金沢市教育史稿』には、「喫飯中と雖も座に筆硯を離さず、常に子弟を戒めて曰く学問は多年の熟練に在り、往来操行極めて固く、家貧なりと雖も膝を権門富家に屈せず、藩老某嘗て聘を厚くして之を招きしも、意に適せざることあるを以て辞せり、此時往来晩粲を買ふの資だになかりき」とある。(26) 往来は、吉岡氏から娶った妻が早世し、井口氏から後妻を迎えた。二男一女をなし、長子の船次郎が家を継ぐ。明治十二年七月三十日、往来は六十二歳で没して、野田山に葬られた。

三島の高祖父は橋一巴である。一巴は、鵠山と号した。通称は幸右衛門。漢学者で書家。石川家から妻を迎えた。加賀藩に召抱えられ、名字帯刀を許された。前田家の人々に講義を行ったという。

健堂、往来、一巴のなかで特に注目すべき人物は、健堂である。健堂が出仕した「壮猶館」は、儒学を修める藩校ではない。「壮猶館」とは、加賀藩が命運を賭して創設した軍事機関なのである。(32) 嘉永六(一八五三)年、ペリー率いる黒船の来航は、人々に大きな衝撃を与えた。二百余年に及ぶ幕府の鎖国体制を崩壊させる外圧の始まりである。以後、幕府はもとより、各藩において海防政策が最重要課題となった。「日本全体が主戦状態にある」という現状認識からである。加賀藩も財政難に苦しみながら、海防強化に乗り出してゆく。安政元(一八五四)年、上柿木畠の火術方役所所管地(現在の知事公舎横)に「壮猶館」が整備される。(33) 施設は、加賀藩の軍制改革の中核的な存在として明治初年まで存続した。

「壮猶館」では、砲術、馬術、洋学、医学、洋算、航海、測量学などが研究され、訓練や武器の製造を行った。さらに加賀藩では、西洋流砲術の本格的な導入と軍制改革を図るため、洋式兵学者の招聘を検討する。村田蔵六、佐野鼎、斎藤弥九郎の三人が候補に上がり、安政四（一八五七）年、西洋流砲術家として名高い佐野鼎が出仕する。佐野は、西洋砲術師範棟取役に就任した。この経緯は、前掲の松本英治教諭の『加賀藩における洋式兵学者の招聘と佐野鼎の出仕』に詳しい。[34]「壮猶館」では、佐野を中心に海防が議論され、軍事研究の深化が図られた。健堂と佐野は、親しかったという。佐野は、万延元（一八六〇）年の遣米使節、文久元（一八六一）年の遣欧使節に随行し、海外知識を生かして加賀藩の軍事科学の近代化に貢献する。七尾に黒船が来航した際には、アーネスト・サトウと会見した。[35]佐野は、明治新政府の兵部省造兵正に任官する。明治二十一年に健三が、佐野の創設した共立学校に招かれるのは、「壮猶館」における健堂と佐野の親交の遺産ともいえよう。

三島の軍事への傾斜については、永井玄蕃頭尚志に淵源を求める声が多い。しかしルーツは、尚志よりむしろ健堂であろう。健堂は市井の漢学者ではなかった。何より平時の人ではなかった。幕末の動乱の時代、「壮猶館」関係者の危機意識は強かった。さらに「壮猶館」は単なる研究機関ではなかった。敷地内には、砲術のための棚場や調練場が設けられるとともに、弾薬所や焔硝製造所、軍艦所が付設されるなど、一大軍事拠点を形成していた。こうした軍事拠点の中枢にあって、健堂は海防論を戦わせ、佐野から洋式兵学を吸収する立場にあった人である。「壮猶館」の資料として『歩兵稽古法』、『稽古方留』、『砲術稽古書』が残されている。これらは、三島が陸上自衛隊富士学校で学んだテキストの先駆をなすものといえよう。健堂の血は、トミ、倭文重を通じて三島の体内に色濃く流れていた。晩年の三島が、西郷隆盛を語り、吉田松陰を語り、久坂玄瑞を語ったのは、健堂の血ではなかったか。

『春の雪』には、「終南別業」が登場する。王摩詰の詩の題をとって号した「終南別業」は、鎌倉の一万坪にある一つの谷をそっくり占める松枝侯爵家の別邸である。モデルは、前田侯爵家の広壮な別邸だという。「終南別業」を描きながら、徳川末期に橋家三代が仕えて、大正期に祖父の願いを容れて土地を提供した前田家のことを、果たして三島は意識していたのであろうか。

金沢が舞台となった小説は、『美しい星』である。「金星人」の美少女・暁子は、「金星人」の美青年・竹宮に会うため金沢を訪れる。金沢駅、香林坊、犀川、武家屋敷、尾山神社、兼六公園、浅川、卯辰山、隣接する内灘などが描かれている。卯辰山には、かつて健堂が教鞭をとった「集学所」が設けられていたが、『美しい星』では遠景として登場する。昭和三十六年十二月一日と二日、三島は取材のため金沢の街を歩いている。二日間という限られた時間のなかで、果たして三島は橋家由縁の場所を訪れたのであろうか。

金沢では、人々の生活に謡曲が深く浸透している。小説では、金沢のこの風習が巧みに生かされている。竹宮は、暁子に奇怪な話を語る。自分が「金星人」であることの端緒をつかんだのは、この春の『道成寺』の披キでからである、と。

どこで竹宮が星を予感してゐたかといふと、この笛の音をきいた時からだつたと思はれる。細い笛の音は、宇宙の闇を伝はつてくる一條の星の光りのやうで、しかも竹宮には、その音がときどきかすれるさまが、星のあきらかな光りが曙の光りに薄れるやうに聴きなされた。それならその笛の音は、暁の明星の光りにちがひない。

彼は少しづつ、彼の紛ふ方ない故郷の眺めに近づいてゐた。つひにそこに到達した。能面の目からのぞかれた世界は、燦然としてゐた。そこは金星の世界だつたのである。（三島由紀夫『美しい星』）

三島は、能舞台が金星の世界に変貌する様を鮮やかに描いている。初めて能にふれた日から、この時までにほぼ四半世紀の歳月が流れていた。十三歳の公威が、祖母のトミと観たのは『三輪』であった。杉の木陰から声がして、玄賓僧都の前に女人の姿の三輪明神が現れる。三輪明神は、神も衆生を救う方便としてしばらく迷いの深い人の心を持つことがあるので、罪業を助けて欲しいと訴える。三輪の妻問いの神話を語り、天照大神の天の岩戸隠れを物語って、夜明けとともに消えてゆく。謡曲『三輪』は、「夢の告、覚むるや名残なるらん、覚むるや名残なるらん」という美しい詞章で終わる。(36)

この詞章は、三島の遺作『豊饒の海』の大団円のイメージに通じる。現代語訳をすれば、次のようになろうか。

「夢のお告げが、覚めてしまうのは、実に名残惜しい、まことに名残惜しいことだ」

（1）『開成学園九十年史』開成学園九十年史編纂委員会、昭和三十六年、開成学園
（2）『開成の百年』昭和四十六年、開成学園
（3）『佐野鼎と共立学校』松本英治、平成十三年、開成学園
（4）「大屋敦」（『私の履歴書　経済人七』昭和五十五年、日本経済新聞社）
（5）「伊部恭之助」（『私の履歴書　経済人三十四』平成十六年、日本経済新聞社）
（6）『三島由紀夫十代書簡集』三島由紀夫、平成十四年、新潮社
（7）『年表作家読本　三島由紀夫』松本徹編著、平成二年、河出書房新社
（8）『倅・三島由紀夫』平岡梓、昭和四十七年、文藝春秋
（9）『倅・三島由紀夫（没後）』平岡梓、昭和四十九年、文藝春秋
（10）「二人の友　橋健行と菅原教造」本林勝夫（『短歌研究』昭和四十六年七～八月）
（11）『斎藤茂吉全集』第一～三十八巻、岩波書店
（12）「開成中学時代の斎藤茂吉」藤岡武雄（昭和三十七年度『研究年報』十一、日本大学文理学部三島）
（13）『旅人の夜の歌　自伝』吹田順助、昭和三十四年、講談社
（14）「立志」橋健行（『校友会雑誌』十号、明治三十年七月）
（15）「銚子紀行」橋健行（『校友会雑誌』十二号、明治三十年十二月）
（16）「転校したる友人に与ふる文」橋健行（『校友会雑誌』十七号、明治三十二年七月）
（17）「少年は再来せず」橋健行（『校友会雑誌』二十号、明治三十三年三月）
（18）「筆」橋健行（『校友会雑誌』二十二号、明治三十三年十二月）

（19）『わが歩みし精神医学の道』内村祐之、昭和四十三年、みすず書房
（20）『松沢病院を支えた人たち』宮内充、昭和六十年、私家版
（21）『千葉大学医学部八十五年史』昭和三十九年、千葉大学医学部創立八十五周年記念会
（22）「橋健行の墓」小池光（『図書』平成十六年五月）
（23）『新訂版・年譜　斎藤茂吉伝』藤岡武雄、平成三年、沖積舎
（24）「夜学こそ我等が誇り」米山安一（『文藝春秋』昭和三十七年一月）
（25）『私の文学漂流』吉村昭、平成二十一年、筑摩書房
（26）『金沢市教育史稿』日置謙、大正八年、石川県教育会
（27）『人づくり風土記　石川』平成三年、農山漁村文化協会
（28）『石川県大百科事典』平成五年、北國新聞社
（29）『金沢墓誌』和田文次郎編、大正八年、加越能史談会
（30）『三島由紀夫　文学の軌跡』越次倶子、昭和五十八年、広論社
（31）『石川県史』第三編、昭和四十九年、石川県図書館協会
（32）「加賀藩の軍制改革と壮猶館」倉田守（『北陸史学』平成十五年十二月）
（33）『稿本金沢市史』学事篇二、金沢市編、昭和四十八年、名著出版
（34）「加賀藩における洋式兵学者の招聘と佐野鼎の出仕」松本英治（『洋学史研究』平成十七年四月）
（35）「万延訪米の加賀藩士佐野鼎について」水上一久（『北陸史学』昭和二十八年四月）
（36）『日本古典文学全集　謡曲集』昭和四十八年、小学館

編集部注：岡山典弘氏は文芸評論家。松山市在住。

第三章　公開講座・講演再現

以下の所論は、三島由紀夫研究会の『公開講座』の講演要旨のダイジェストです（文責は編集部）

青嵐会と三島由紀夫

河内 孝（ジャーナリスト）

第二三四回の三島由紀夫研究会（三島研）公開講座は講師に『血の政治　青嵐会という物語』を上梓された元毎日新聞常務取締役の河内孝氏を迎え、補助席を出すほどの盛況さで、質疑応答も活発に行われました。

最大派閥である田中派へ反旗を翻して昭和四八（一九七三）年七月に結成され、昭和五四（一九七九）年、中川派の結成で自然消滅していった青嵐会は、河内氏にとって新聞記者時代の青春の思い出での由で、同書を読むとその想いが伝わってきます。

河内氏の講演要旨を紹介するにあたり、昭和四八年一一月に浪曼社から刊行された『青嵐会　血判と憂国の論理』に掲載された同社編集部による「あとがき」をまず紹介します。

現代日本の政治に、新しい哲学をもった政策がいま一番必要とされていることは云うまでもなく、しかも新しい文明史観を先取りし、国民に提供して行こうという政策グループ「青嵐会」の出現は国民にとって待望久しいものであったはずである。ところが青嵐会が真摯に訴えようとしていることには一切耳を傾けずに「血盟」という、現代日本では珍しくなったサインの仕方一点だけに的を絞って、アナクロニズムだと評したマスコミの偏向した態度は反省されるべきであろう。この本は、いったい青嵐会が何を考え、何をめざそうとしているのかを、一日も早く国民に知らせ、且つ青嵐会とともに将来の日本を考えて行こうとする意図で編まれたものである。公害、インフレ、土地の問題から、金大中事件、長沼ナイキ訴訟、チリの軍事クーデターなどの時事的な問題、あるいは憲法改正という国家的課題に至る、ありとあらゆる問題に対して、青嵐会を代表する九人が執筆、もしくは語ったものであり、中には相当の「個人的見解」も含まれている。緊急の編集のため、議論の尽くせなかった問題も少し残るが、一応「青嵐会」の全貌をこの本でうかがい知ることができると思う。なお「中共」と「中国」の呼び方は各人の特色をそのまま生かしたので不統一なところもある。

「青嵐会を代表する九人」とは、石原慎太郎、中尾栄一、中山正暉、藤尾正行、三塚博、渡辺美智雄、玉置和郎、中川一郎です。

河内氏はまずプロジェクターを使い、中川家から借りだして撮影した青嵐会の署名簿を映し出しました。それは中尾栄一により「青嵐会誓詞」と墨書され、青い蔦かずら模様の絹で表装された血判入りのものです。青嵐会と命名したのは石原慎太郎で、「青嵐とは寒冷前線のこと。つまり夏に烈しく夕立ちを降らせて、世の中を爽やかに変えて過ぎる嵐」の意です。この誓詞に「断固血判すべし」と強硬だったのは石原慎太郎、中尾栄一、浜田幸一の三人でした。最初に言ったのは石原で、楯の会の創設メンバーから、三島がその結成時（昭和四三年）、会員十人と血判を交わしていたことを密かに聞き知っていたのです。三島が自決してから二年半後に結成された青嵐会は、三島と直接の結びつきはありませんが、青嵐会結成時の興奮と盛り上がりについて、周囲にいた人々は「三島が放った炎が燃え移ったような熱気を感じた」といいます。

河内氏は、青嵐会結成に至るまでの戦後政治史を概説して、青嵐会が生まれた時代背景を説き明かし、その一つのルーツに三島由紀夫の割腹があると述べました。ほかには、「戦後抑圧された健全なナショナリズムの発露」と「農本主義の情念」です。青嵐会のメンバーで石原と中山を除くほとんどは農漁村地域からの選出議員で、一区（県庁所在地）出身者はいませんでした。世襲は三一人中三人だけで、官僚出身者はほとんどおらず、東大卒は一人だけという、叩き上げ中心のメンバーで構成されていました。

日本国内では一九六〇年代から八〇年代にかけて、一五歳から二四歳を中心とする、総人口の一〇パーセントにあたる一千万人以上が、農漁村部から都市部へ大移動していました。その激動する状況下、社会不安や戦前の二・二六事件のような深刻な分裂が起こらなかったのは、地方出身の議員たちが中央から地方にカネを環流させていたからでした。

地方に住む者は都市部への怨念を抱えていましたが、それを地方出身の政治家たちが米価政策や、公共事業などのばら撒き政治を行って慰撫《いぶ》していたのです。地方出身者は田舎に帰るたびに、実家の茅葺き屋根が瓦になり、耕運機や軽自動車を持つ、豊かな暮らし向きになっている姿を見ていました。

青嵐会は結成から半年後の昭和四九（一九七四）年一月二六日、武道館で国民集会を開催しました。名古屋からは二村化学工業の二村社長が二千人を引き連れて参加し、韓国在日の民団にも「朝鮮服は着ないで出席せよ」との動員令がかかり、ステージ真下の床に直に座ってもらうほどで、二万人が集まりました。当日、青嵐会は全国紙に次の意見広告を掲載しました。

首相が訪ねたアジアの国で　日本の心　日の丸が　焼かれた　その日を忘れない　道義をなくし　思想なき　日本をかれらは　許さない　自由の台湾切り捨て　共産主義の中国に　おもねる日本を許さない　エコノミックなアニマルと　怒る心が　日の丸焼いた　青嵐会こそ　日の丸を

力の限り　守り抜く　風のまにまに　目先をかえる　魂忘れた　政治なら　青嵐会は許さない……

青嵐会の主張で際立っていたのは、自主独立の憲法制定、国家道義の高揚、教育正常化などでした。そして結成時の血判と、自民党総務会での大暴れなどの烈しいパフォーマンスでした。マスコミは後者を報道し、世間の目もそれらにだけ集中しました。

主張した政策は賛否分かれるものでしたが、彼らの論理は分かりやすく、行動原理はいたって明快で、人々の心を惹きつけるものでした。今日政党が「改革」を叫び、ホームページに口当たりのいい政策を並べても、人々の血を騒がせた青嵐会が持っていた「何か」が欠けており、国民は冷めています。

ありていに言えば、青嵐会は面白かったのです。

中川一郎夫人は「毎日が震度5のような日々で」、「誰もが人間性をむき出しにして、ドタン、バタンと烈しくぶつかりあっていた」と語り、「それに比べると今の方々は息子（中川昭一）も含めて主人たちより頭もいいし、勉強もするけれど、まぁ迫力というか、熱さはないわね」と辛辣に批評しています。

戦前の「修身」を廃し、どう生きたらいいかを学校も親も教えなくなった戦後の日本。それがモラルの喪失と精神の亀裂をもたらしました。単位人口当たりの自殺者は、リトアニア、ベラルーシ、ロシア、スロベニア、ハンガリー、カザフスタン、ラトビアに次いで、日本は八番目です。物質的に豊かな生活を享受している先進国の中で日本の自殺者がいちばん多いのです。

政権を取った民主党の、国民にタダで高速道路を利用させ、一律にばら撒く子供手当などの政策こそ究極の金権体質だと、河内氏は批判します。

この講演を聴いていて、嘗て日本の政治にあった、「何か」が戻らないまま、世界の中で埋没してゆく不安にとらわれました。（第二三四回：平成二一年九月二八日）

三島由紀夫さんの想い出

玉利《たまり》齋《ひとし》（日本健康スポーツ連盟元理事長）

「玉利さん、貴方は文学青年じゃないから安心できるよ」と言いながらも、気が向くと文士仲間の話をしたり、時には当時銀座にあった文春クラブのサロンに連れて行ってくれました。文春クラブのサロンは、文芸雑誌のグラビアでよく見る文壇の錚々たる作家たちが常にたむろしていましたが、三島さんが入っていくと、姿を見て必ず何人かの作家たちが声をかけてきたものでした。

高見順、堀田善衛、亀井勝一郎氏などが記憶に残っています。三島さんは誰に対しても礼儀としての挨拶はきちんとしますが、好き嫌いが実にはっきりしていて、気の合わない人とはそれ以上、会話は弾まず、「玉利さん出ようよ」と言ってサロンを後にしたことが一度ならずありました。

常々「僕は個人的な交際は、自分の勉強になるか、理屈抜きに面白いかのどちらかでなければしないよ」と言っていたので「なるほど」と思ったものでした。

一方、当時、三島さんが属していた「鉢の木会」の大岡昇平氏や吉田健一氏のことになると共感をもって話してくれました。メンバーの福田恆存氏に始めたばかりのボディビルの効用を得々と語ったところ「三島君、マグロばかりが旨いものじゃないよ。干物には干物の味があるんだ」と切り返され、「あの人は僕よりガリガリの干物なんだ」と、苦笑いしながら言っていたのを思い出します。

私と三島さんとの交流は、昭和三十年初夏、ボディビルが縁で始まり、昭和四十五年十一月二十五日、市ヶ谷台上での三島さんの行動で終わりました。

「どうして日本の作家は、芥川龍之介や太宰治のように神経衰弱や肺病みたいなのが多いんだ。まるで病弱でなければ良い作品が書けないといわんばかりで周囲もそれを良しとする。おかしいよ。作品と生活は厳密に一線を画すべきだ。作品がどんなに非日常的で過激であっても、日常生活が不摂生で退廃的になる必要はない。むしろ健康であるべきだ」

「ピカソなんか、八十過ぎても創作の意欲は衰えないし、最近のニュース映画で見たバーナード・ショーだって相当な年齢なのに相変わらず皮肉とユーモアで人を煙に巻き、この通り元気だとピョンピョン跳んでいた」

「自分は物心ついたときから体が弱く、小学校の朝礼の時、よく貧血を起こして倒れるほどだった。だからスポーツや体育とは縁がなく、一人で家で本ばかり読んでいたので頭でっかちの作家になった」

「ボディビルで体が逞しく変化したら自分の作品がどのように変化するのか楽しみだ」

初対面の日活ホテルのラウンジで、まだ学生だった若輩の私に真剣な眼差しでボディビルに取り組む決意を大きな声で語っていたのを今も忘れません。

それから後の三島さんは、少年のように一途に週二回の自宅でのトレーニングにひたすら努力を傾け、半年後、私の手を離れ、当時数寄屋橋裏にあった産経ボディビルセンターに通い、そこが閉鎖してからは水道橋の後楽園ボディビルセンターに移っています。

遅れてきた青春とでもいうのでしょうか、日一日と発達していく自分の肉体の充実感を素直に喜び、嬉々としていました。

ある時、古代ギリシャの神殿や彫刻の写真集を私に見せながら「この端正で均整のとれた建築や芸術、彼等はまず目に見える形を信じたんだ。しかし形に留まらないで、そこから雄々しく羽ばたいて現代文明の源である古代ギリシャ世界を創造したのだ」と熱っぽく語られましたが、この時の三島さんの言葉は、私の胸底に深く蔵されております。

人間が、現世に生きるのには肉体は不可欠です。しかし、その肉体は有限で衰えやすく不安定な存在です。であるから一度だけの人生を創造的に生きるためには肉体は健康で活力に満ちているほうがよいのは自明の理です。三島さんは精神的には類まれな芸術家の感性とそれを実現する知性や表現力を天分として有していたと思いますが、如何せん天は二物を与えず、肉体的には頭痛や胃弱や不眠に三十歳近くまで苛まれていたことはまぎれもない事実です。

三島さんのボディビル実践の動機は何といっても第一に病弱の克服にあります。

肉体と精神は相互に影響し合いながら人格を形成していくものですが、三島さんは肉体を確固たるものにすることによって、より自由に精神を飛翔させたかったのではないかと思います。

精神と肉体、思想と行動、理想と現実、美と力は、ともすれば二律背反性を帯びがちですが、両方ともに求めなければならないのは人間の永遠の課題です。

三島さんは現実の葛藤や矛盾を冷厳に直視して多くの芸術作品を残しましたが、その終着点は、見る人から行動する人として、現実の中に身を投じ、自らが求める美に魅入られるように無限の深淵へと歩んでゆかれたのだと私は信じています。

補記　玉利氏は三島由紀夫のボディビルの個人教師だった。

私の卒論もミシマだった

ケント・ギルバート（弁護士・タレント）

平成二一（二〇〇九）年四月二四日の三島研公開講座は、講師に弁護士でタレントのケント・ギルバート氏を招いて市ヶ谷の私学会館で開催されました。雨にもかかわらず、会場は超満員で、講演後の懇親会も参加者全員が部屋に入りきれないほどの盛況ぶりでした。

モルモン教の伝道師として十九歳で初来日したケント氏は、福岡、小倉、佐世保などで伝導をつづけ、その後、一時帰国した際にはユタ州の大学で日本語を教えられました。

一九七五年に開催された沖縄国際海洋博覧会でガイドを務めるために再来日したケントさんは、この時期に『潮騒』、『仮面の告白』、『春の雪』など英訳された三島作品をすべて読んでいました。

その三島作品の中でいちばん大きな衝撃を受けたのは『春の雪』でした。モルモン教であろうと、ユダヤ教、キリスト教であろうと、それぞれ戒律があり、神との契約があります。してはいけないこと、しなければならないことがあります。しかし、『春の雪』の主人公の一人・松枝清顕は、やりたいことを思い通りに行い、そこには戒律からの自由なさまが描かれています。モルモン教徒として戒律を守ってきたケントさんにとって、これほどのショックはなかったといいます。

『豊饒の海』全四巻の中で、『暁の寺』が内容的に難しく、そうした文化的差違の衝撃から三島文学に惹かれていったケントさんは、学生時代に三島論も書いたそうです。本講演ではケント氏の体験的三島論を語ってくれました。

そして、「いつか月修寺のモデルとなった奈良の円照寺と『潮騒』歌島のモデルとなった神島へ行ってみたい」と話されました。（第二三二回：平成二一年四月二四日）

三島由紀夫と北一輝

片瀬　裕（近現代史研究家）

三島由紀夫は北一輝を「天才的思想家」と讃え、その劇的生涯を「日本的革命家の理想像」とも評した。両者は「憂国」の思想家という一点においては、まぎれもない共通性をもつ。

しかし、「文化防衛論」をはじめとする三島由紀夫の思想的論考からは、一見、北一輝とのはるかな乖離をうかがわせる。しかしながら、両者の言行を仔細に検討すれば、北一輝と三島由紀夫は対立する面よりも、むしろ根底の部分では共通する面のほうが多い。

第一に、両者は近代日本が生んだ天才的個性の持ち主である。

第二に、伝統的な「国体観念」からすれば「異端」ともいうべき尊皇思想である。天皇に対する北と三島の恋闕《れんけつ》の心はいわばコインの裏表関係にあり、尊皇の精神と一致するものである。

三島は天皇を日本の歴史を貫く「文化の総覧者」として崇敬し、深い忠誠の対象とした。敗戦により旧来の価値観が一変した戦後日本の混迷する思想状況下、文化概念としての三島の天皇観は、広く戦後世代も得心しうる画期的天皇論であった。その精緻な論理展開は三島の思想的営為の苦闘をもしのばせ、敬服に値する。

北は天皇を近代的立憲国家における「国民の総代表」と位置づけ、帝国議会と共に有機的公民国家の「主権」を構成するものとして重視し、明治天皇の立像を仏壇に安置して日夕祈念を捧げた。

両者のこうした「天皇観」は、水戸学を機軸として幕末から明治初期に形成されたいわゆる「国体論」に照らせば、明らかな異端であり、異形の天皇論である。しかし、その奥底に秘められたものは、科学的分析思考にもとづく近代合理主義の風圧に耐え得る強靭な天皇論、新たな国体論、すなわち「天皇防衛論理」にほかならない。

第三に、両者は天皇を変革の原理に据えていたという点である。

第四に、両者は物質を上回る至上の価値を胸底深く有していた点である。三島にとっては天皇を中心とする日本の文化であり、北にとっては天皇と国民を包摂《ほうせつ》する有機的共同体としての国家に至上の価値を見出していた。そして、両者はこれら至上の価値に対する殉教者として、自らの生を賭して劇的な最期を迎えたのである。それゆえに、両者については誤解される面も多いことは事実である。

三島については一〇三冊、北については一四四冊もの評伝があるが、青年期から高名な作家だった三島には同時代人の証言に基く豊富な伝記的資料が存在するのに引きかえ、一介の浪人革命家で、生涯意識的にジャーナリズムの圏外にあった北には照らすべき資料がとぼしく、いまだ正鵠を射た評伝がないのが現状である。両者が共有していたのは武の精神である。三島は文化を防衛するものとして、いわゆる「菊と刀」の伝統における武としての刀を重視し、古典的王朝文化への浪漫的憧憬に加え、後半生は武道を通じて日本というものに大きく傾斜していった。

一方、北が唱導したのは、法華経の大乗精神と、日本古来の尚武《しょうぶ》の気風を融合させた「剣の福音」なる一種超越的な武断的革命精神である。北は辛亥革命への参加とその挫折を通じて、特異な大アジア主義思想を構想する。それは日本のアジア主義者の誰一人も持ち得なかった、壮烈かつ雄大な「興亜《こうあ》」策の提唱だった。北は列強諸国、とりわけ英国及びロシアのアジア支配に対抗すべく、大アジア主義の観点からインド独立の達成と革命支那の実現を骨子とするアジア連盟の実現を日本の国家的使命とした。この世界史的使命を遂行すべき日本を「革命的大帝国」と命名したのだ。

「アジア連盟」建設の具体的要件、日・支・印三国を機軸として形成されるべき大アジア共同体実現の対外方策として北が提示したのが、「日没せざる国」大英帝国が不当に領有する豪州（オーストラリア）の割取《かっしゅ》と「地球北半の大地主」ロシアから東部シベリアを奪取するという気宇壮大な構想である。

「剣の福音」とは、この遠大な理想を推進する大乗的武断精神にほかならない。しかし、この「アジア連盟」及び「革命的大帝国」の理想を一歩誤れば、空前の侵略主義へと転落し、西欧殖民地主義の轍を踏みかねない。「亜細亜文明のギリシャ」として世界史を画す歴史的使命を帯びた日本は、まず日本そのものの合理的改造をとげ、ゆるぎなき正義を基盤とした道義的国家を建設せねばならない。この使命観が「剣の福音」なる思想に貫かれた、あの上海での客舎で四十余日の断食のすえ書き上げた『国家改造案原理大綱』、すなわち、「日本改造法案」執筆の最大の要因となる。北が主張した「剣の福音」は三島における刀の重視と重なり合うものである。

北と三島は現在に至るまで強烈な思想的磁場を共有している。そのため、国家や民族という問題を考えるにあたって両者は避けて通ることはできない存在である。三島はゾルレン（当為）としての天皇を、北は理想としての国家と天皇を設定。両者はこの視座から国家と天皇の「当為」と「理想」の実現化を目標とした。

北は復古的国体論者の天皇観に批判的であったが、これは本質的に言えば、近代国家における天皇の存在そのものを擁護するための逆説であったと思う。一方、三島は『英霊の声』に代表されるように、戦後の「開かれた皇室」に批判的であった。北の場合は明治立憲国家の政治的基盤を神話にもとづく、いわゆる国体論に求める学者・思想家を徹底的に批判している。明治三九年の著書『国体論及び純正社会主義』では主権の所在を国家に求め、天皇と議会の二つが主権を行使するための最高機関と位置付けられた。これは記紀神話に基づく当時の神格化された天皇観とは対立するものであった。

北によれば、明治国家とは維新革命を経て誕生した近代的公民国家であり、その総代表が天皇であった。かつて憲法学界では穂積八束、上杉慎吉らが天皇主体説を主張していたのに対して、北は立憲国家の基礎付けとして憲法を捉えていた。北は穂積の憲法論を高天原的と批判していたが、それは北独自の透徹した国家観と、近代日本の思想的動向を適確に踏まえた上で、今後発展していく民主主義思想下の国民の得心を得るためにも、敢えて当時の時代思潮と真正面から対決し、機関説的な側面の天皇論を堂々と展開したのである。

ところで、三島由紀夫は石原慎太郎との対談で、皇室を週刊誌的天皇制に向かわせる宮内庁を批判し、「逆賊」という表現を用いていた。一方、戦前の北一輝は明治後期、国体の基盤を記紀神話の「高天原的」歴史解釈に求める当時主流の「官許」国体論を「復古（反動）的革命主義」と断じ、これを「所謂《いわゆる》国体論」と命名した。そして、明治の「維新革命」を経て、近代的公民国家へと歴史的進化を遂げた今日、この「所謂国体論」は、維新革命の真の「国体」を破壊する「逆賊思想」と痛罵をあびせ、「所謂国体論」者の穂積八束以下、当代の碩学を二十三歳で完膚なく論破したのである。北の言わんとするところは、「修身」教科書では「天孫降臨」の高天原的歴史解釈を講じる一方で「生物学」の教科書には人間は猿から進化したと克明に記されているこの時代、高天原的「国体論」こそ、かえって近代日本国家の「国体」、すなわち国民の総代表たる「天皇」と民意の結集たる「帝国議会」の合体によって国家の「主権」が形成されるとする現下の「国体」を覆し、しいて言えば、

「所謂国体論」こそ、かえって将来の天皇及び皇室に非常なる不詳を及ぼす危険思想と見なしたのである。

「主権」が唯一天皇に独在するという「所謂国体論」に敢然と抗し、主権は国家に帰属し、天皇と帝国議会の融合一体化により、それが行使されるとする北一輝の国体観は国家をして不動の巌の上に置き、民意を伸張させ、しかも天皇及び皇室の地位を無窮にわたり担保せしめようとする、いわば「近代的天皇制」の逆説的弁神論であり、明治期における独創的な天皇「護教論」であった。

明治期の官許《かんきょ》「国体論」を否認し、主権の帰属を国家にありと主張する北一輝の思想は、ともすれば北に「反国体」「反天皇」の烙印を押しかねない。事実、大方の北一輝論者はその視座に立つ。それは北の胸中に秘められた屈折した「尊皇の想い」、いわば「恋闕の心」を見透かせぬからである。

北思想の奥底には異形の尊皇心と、一種独特の民権思想が混在している。それは流謫《るたく》の島「佐渡」という特種的な歴史風土に幼少年期を送ったことにより培われたものである。とりわけ「承久の乱」の故事と佐渡で没した順徳帝の悲劇は、北の思想形成に重大な影響を及ぼし、鎌倉幕府成立以降の日本国史は皇室に対する乱臣賊子の歴史であるとの史観を確立、それが北独得の、屈折した尊皇思想へと昇華されるのだ。

北一輝の秘められた「尊皇の心」に関して一つの秘話を紹介しよう。

昭和二八年の秋、北とは猶存社以来の盟友で後に激しく対立した大川周明以下、井上日召（血盟団盟主）、大森曹玄（皇道派直心道場のち花園大学々長）、影山正治（大東塾）らが一同に会する機会があった。その折、井上日召が「北には尊皇心が無かったのではないか」と疑問を呈した。すると大川が「それは違う」と井上を制した。大森によれば、大川はこう語ったという。

「北君は佐渡に生れ佐渡に育って朝夕、順徳上皇の御陵に詣うでていたので、心底には少年時代から烈々たる尊皇心を持っていた。自分は北君の中学時代の文章を読んで感激したことがある」（『新勢力』昭和三一年十一月号）

北は「承久の乱」の悲憤の歴史を生身に感じることにより、一方、三島は少年時代から「王朝文学」に親しんで、それぞれ「異形」の尊皇心を培ったのである。

三島由紀夫は昭和四四年七月、「日本改造法案大綱を中心として」と題する論文を『三田文学』に発表、北を「まぎれもない天才」とたたえた。北の論理とそれを支える思惟《しい》の繊細さに言及し、彼を「日本の革命家の理想像」とも評価している。当時、北についての研究は乏しく、北は二・二六事件の首魁である反動的国家主義者とされ、その具体像は久しく知られていなかった。しかし、三島は北を預言的思想家として評価し、その国家改造の情熱を評価していたのである。三島は北の論稿の中に、それも明治三九年に刊行された処女作『国体論及び純正社会主義』に、北の並外れた天才性を見出している。

では、北の天稟《てんぴん》の才能、卓絶した予見性とは何か。端的に言えば「危機の時代」における国民的共同体の態様についての比類なき洞察力であろう。危機の時代とは、対外的要因が国内政治を規定する時代を意味し、それは一九三〇年代に国際的現実性をおびて世界史に浮上した。

危機の時代とは、それまで顔を覆っていた社会的共同体の「主権」が素顔を示し、その所在を明確にし、国民共同体においては、それが「国家」に帰属することが明確となる。拡散の傾向にあった国民思想は主権の基軸としての「共同体」に向かって求心化する。一九三〇年代、危機の時代の只中に「国家」に至上の価値を置く、ファシスト・イタリーと、「民族」にそれを求めるナチス・ドイツという、全体主義国家の抬頭を見る。これらはその極端な形態だが、いわゆる全体主義的傾向は独・伊に限った現象ではなく、世界的な歴史の趨勢であった。

それは民主主義の総本山と目されたアメリカにおいても、ウォルター・リップマンらの「自由全体主義」が支持を得、ルーズベルトのニューディール政策が大統領と政府への権力集中をはかり、伝統の自由放任主義を放棄した事実。国際共産主義運動のメッカとしてのソビエト・ロシアがスターリン体制下の「一国社会主義」へと急速に傾斜した事実。さらにイギリスでもモズレー卿らによるファシズム運動が抬頭した事実等に　照らしても明らかである。

昭和初期、日本に全体主義概念を紹介したのはオーストリア出身のシュパンという歴史哲学者である。彼は歴史の縦軸に根ざした精神的な産物として国家という存在を捉えており、この考えは北によりも早くも一九一〇年代から提唱された国家概念である。『日本改造法案大綱』の「日本国民の国家観は、国家は有機的不可分なる一大家族なりという近代の社会有機体説を、深遠博大なる哲学的思索を、信仰的信念によりて発現せしめたる古来一貫の使命なり」との章句こそ、北の国家観が集約されていると言える。これはジョバンニ・ジェンテーレやアルフレッド・ロッコ等、ファシズム運動の始祖と目されるイタリア・ファシストの国家観に先駆するものである。

北は『国体論及び純正社会主義』を著した明治三九年の時点で、全体主義の本質を見抜いていた。全体主義とは普遍が個に優越し、「危機的状況」に際して、生きた有機体としての国家が自己防衛を目的に社会の各領域に介入する状態を指す。北は預言者であったのである。

三島由紀夫と北一輝。一方は週刊誌的天皇制と開かれた皇室を推し進める宮内庁を「逆賊」と批判し、戦後の皇室のあり方に「などてすめろぎは人となりたまいし」という文学的表現にたくして痛烈な怨嗟の声を発した文学界の天才。一方は時下主流の正系国体論を真っ向から批判し、世にときめく国体論者を「賊子」と痛罵してはばからなかった思想界の鬼才。近代日本が生んだこの二人の巨人の天皇観、皇室観はその現象面のあり得べき「様態」について明らかに異質といえよう。しかし、この両者が時代思潮の主流に位置する天皇論、国体論に敢然と抗し、反時代的考察をもって皇基を固めようとした「恋闕」の志においてはまぎれもなく一致する。

三島由紀夫は国民社会主義者か？

福井 義高（青山学院大学大学院教授）

三島由紀夫の政治観を、日本に限定せず、一九世紀後半以降、欧州大陸諸国で大きな潮流となり、第二次世界大戦後、政治の表舞台から去った「国民社会主義」との関連で論じてみたい。

一九世紀後半以降の欧州国民社会主義：「右でも左でもなく」

ポスト・ニーチェの時代、ナショナリズムと社会主義の統合を目指す動きが、独仏等大陸諸国で大きな潮流となった。それは、議会中心の自由主義政治・経済体制への根源的批判を旨とする、反自由主義・反マルクス主義の革命思想・運動である。国民社会主義者（National-Sozialist）は、自由主義とマルクス主義の共通要素である国際主義、単線的歴史観、進歩主義、物質主義に激しく抵抗した。

しかし、伝統的保守勢力と異なり、国民社会主義者は、君主制とキリスト教には懐疑的であり、否定的ですらあった。国民社会主義者は決して「極右」あるいは「保守反動」ではない。その社会主義的性格は決して欺瞞ではなく、主観的にも客観的にも、彼らは革命家であった。

だからこそ、多くの共産主義者・社会主義者が、とくに第一次大戦後、国民社会主義者にスムーズに「転向」できたのである。イタリアのファシズムやドイツのナチズム（Nationalsozialismus）は、国民社会主義のひとつの現実化である。

ナチズムに見られる人種絶対視は国民社会主義の特徴ではない。たとえばイタリア・ファシズムは、もともとユダヤ人を排斥するものではなく、ドイツとの関係が強化されてからの、political expediencyに過ぎない。ナチズムが血のつながりに基づく「民族」（Volk）を重視したのに対し、ファシズムは文化的共通性に基づく「国民」（nazione; nation）を強調した。思想としての国民社会主義の本流に近いのはファシズムである。ナチスはナチズムとファシズムは別の概念であり、自国の体制に関して、「ファシズム」という用語を一切使わなかった。

なお、三島は『文化防衛論』で「国と民族の非分離の象徴であり、その時間的連続性と空間的連続性の座標軸であるところの天皇は、日本の近代史においては、一度もその本質である『文化概念』としての形姿を如実に示されたことはなかった」と述べている。

ジョルジュ・ソレル

国民社会主義の始祖というべき人物が、フランスのジョルジュ・ソレルである。当時、人間の主体的意志を基本的に否定する「歴史の必然」あるいは決定論に基づく「正統派」マルクス主義を表向き堅持しながら、現実には自由民主体制に取り込まれ議会政党化していた欧州社会主義政党を、ソレルは断固拒否した。このように、ソレルはレーニンのボルシェヴィスムと同じ問題意識に立つ一方、正面から「正統派」マルクス主義を否定し改良主義を肯定したベルンシュタインの修正主義を真摯な試みとして評価している。

主著『暴力論』で、反未来・反ユートピアの、神話に基づく少数精鋭の前衛主導によるviolence——権力を背景にしたforceから区別される——決定的重要性を強調したソレルは、一種の「知行合一」論者であった。

「反革命宣言」（『文化防衛論』所収）で、「暴力は暴力自体が悪であり、善なのでもない。それは暴力を規定する見地によって善にもなり、悪にもなるのである」とし、「われわれは彼ら［民衆］の未来を守るのではなく、彼らがなお無自覚でありながら、実は彼らを存在せしめている根本のもの、すなわち、わが歴史・文化・伝統を守るほかはないのである。これこそは前衛としての反革命であり、前衛としての反革命は世論の支持によって動くのではない」と主張した三島とソレルの類似性は明らかである。

なお、ソレルを受けて、革命の主体をnationとして新たな体制を樹立したのがイタリア・ファシズム、あくまでプロレタリアとして体制を樹立したのがレーニン主義であり、両者は同根といえる。

戦間期日本政治の「普遍性」

戦前日本の転向も、我が国独特の現象ではなく、当時の欧州同様、共通認識であった議会政治の行き詰まりを、国民社会主義によって克服しようとする大きな流れのなかで捉えるべきであろう。転向者と青年将校はともに国民社会主義者であったともいえる。「『道義的革命』の論理」（『文化防衛論』所収）で、三島は二・二六事件が「尖鋭な近代的性格を包摂してい」たとして、こう述べる。

私は、少なくともこれが成功していたら、勝利者としての外国の軍事力を借りることなく、日本民族自らの手で、農地改革が成就していたにちがいない、と考える。……二・二六の『義軍』は、歴史に果たすべき役割に於て、尖鋭な近代的自覚を持った軍隊だった。そして私はむしろ、その成功のあとに来る筈の、日本経済の近代化工業化と、かれらが信奉した国体観念との、真正面からの相剋対立に、かれらが他日真に悩む日があったであろう……と思う者である。

三島の政治観

しかし、三島自身は、単純に国民社会主義者とは言い切れない、自由主義的傾向が顕著な人物であった。たとえば三島は、「反革命宣言」（『文化防衛論』所収）で「われわれは天皇の真姿を開顕するために、現代日本の代議制民主主義がその長所とする言論の自由をよしとする」とともに、「われわれは複数政党制による議会主義的民主主義より以上のものを持っていない」と述べている。

また、三島は『小説家の休暇』で、「われわれは断乎として相対主義に踏み止まらねばならぬ。宗教及び政治における、唯一神教的命題を警戒せねばならぬ。幸福な狂信を戒めねばならぬ。現代の不可思議な特徴は、感受性よりも、むしろ理性のほうが、（誤った理性であろうが）、人を狂信へみちびきやすいことである」とし、「多くの矛盾に平然と耐え、誇張に陥らず、いかなる宗教的絶対性にも身を委ねず、かかる文化の多神教的状態に身を置いて、平衡を失しない限り、それがそのまま、一個の世界精神を生み出すかもしれない」として、自らが相対主義者であることを強調している

実は、こうした三島が文章に残した政治観は、矢部貞治のそれにかなり近い。

矢部貞治

三島が東大法学部に入学した時の政治学教授であった矢部は、終戦後に辞任、戦争協力者として公職追放された。今日では半ば忘れられた存在であるけれども、ハンス・ケルゼンのデモクラシー論及

び欧州国民社会主義とその背景への深い理解に基づき、戦前戦後一貫して、自由的民主政ではなく、協同的民主政を提唱した矢部の政治思想は、全く古びておらず、学ぶべき点は多い。

矢部は『政治学』で、「現実的には、民主政の中に二つの型が分かれて来るのである。これを自由的民主政と協同的民主政と呼ぶことができる。自由的民主政は個人の自由を強調し、その自由も『国家からの自由』と考えるのに対し、協同的民主政は、共同生活の連帯と調和を優先的に考え、自由はむしろ、『国家内での自由』であり、『国家権力への参与』という意味の自由を重視する」としたうえで、「豊かな富や領土の背景に恵まれ、国民生活に高い水準が許されているような国なら、自由的民主主義の要素を保持する余地もあろうが、そのような恵まれた条件を持たない国で民主主義を維持しようとするなら、それはどうしても協同的民主主義ないし社会民主主義の形をとらざるをえないのである」と主張する。

さらに、『民主主義の本質と価値』において、「民主主義は、何よりも人間が神ではないという自覚から発する。……寛容によって、全成員の認識と体験を総合し、その上でできるだけ価値のある国家意思と指導者を、具体的に決定しようとするのである。それが正しい意味での民主主義的な相対主義である。……最高価値を目標としての、人間の相携え相率いての欣求の姿であり、建設的な批判主義であり相対主義である」と述べている。

永遠の謎

しかし、三島は、自決にあたって残した『檄』で、議会主義とその背景にある相対主義を激しく論難する。「実はこの昭和四十四年十月二十一日といふ日は、自衛隊にとつては悲劇の日だつた。創立以来二十年に亘つて、憲法改正を待ちこがれてきた自衛隊にとつて、決定的にその希望が裏切られ、憲法改正は政治的プログラムから除外され、相共に議会主義政党を主張する自民党と共産党が、非議会主義的方法の可能性を晴れ晴れと払拭した日だつた。論理的に正に、その日を境にして、それまで憲法の私生児であつた自衛隊は、『護憲の軍隊』として認知されたのである。これ以上のパラドックスがあらうか」。最後に三島はこう結ぶ。「共に起つて義のために共に死ぬのだ。日本を日本の真姿に戻して、そこで死ぬのだ。生命尊重のみで、魂は死んでもよいのか。生命以上の価値なくして何の軍隊だ。今こそわれわれは生命尊重以上の価値の所在を諸君の目に見せてやる。それは自由でも民主々義でもない。日本だ。われわれの愛する歴史と伝統の国、日本だ。これを骨抜きにしてしまつた憲法に体をぶつけて死ぬ奴はゐないのか。もしゐれば、今からでも共に起ち、共に死なう。われわれは至純の魂を持つ諸君が、一個の男子、真の武士として蘇へることを熱望するあまり、この挙に出たのである」

『檄』と『文化防衛論』それぞれで示された政治観が、三島の中でどのように結びついていたのか。それは永遠の謎かもしれない。（平成二八年九月二九日の公開講座。文責＝編集部）

三島由紀夫と陸上自衛隊

冨澤暉（元陸将）　聞き手：菅谷誠一郎

冨澤暉氏は一九三八（昭和一三）年、東京生まれ。都立日比谷高等学校、防衛大学校応用物理学科（第四期）を経て一九六〇（昭和三五）年に陸上自衛官に任官後、北海道・第二戦車大隊長、松本駐屯地司令兼第一三普通科連隊長、東京・第一師団長、北部方面総監、陸上幕僚長を歴任している。一九九五（平成七）年に退官後、東洋学園大学理事兼客員教授、日本防衛学会顧問、公益財団法人偕行社理事長などを務めている。

富士学校に所属していた一九六七（昭和四二）年に三島由紀夫と接点があり、二〇二二年、三島由紀夫研究会公開講座にて「三島由紀夫と陸上自衛隊」と題して講演している。三島とクーデター問題についても話し合った最初の自衛隊若手幹部（三島事件当時、三二歳）であったことや、自らと三島の接触時間は短かったが、三島と深く付き合った自衛官たちと縁のあったこと、妻の父である藤原岩市（陸軍士官学校第四三期。戦時中はF機関長としてインド独立運動を支援し、戦後は調査学校長、第一師団長を歴任）が三島の自衛隊体験入隊の手伝いをした縁により、藤原から関係する人々の話を聞いていたことなどを明らかにしている。

本書を刊行するにあたり、編集委員会のインタビューに応じていただいた。

――三島由紀夫が富士学校に体験入隊してくる以前、三島にどのようなイメージがありましたか？

冨澤　私は、三島さんが個人として富士学校普通科部に体験入隊していた初期にお付き合いがあっただけで、当時はまだ楯の会はありませんでした。楯の会が出来て、その後、楯の会としての滝ケ原駐屯地での訓練等については、東京の幹部学校に入校していてよく知りませんでした。ただ、新聞やテレビ等で見て随分派手なことをやるが、まあ、自衛隊の宣伝部隊としてはいいだろうと漠然と考えていたと思います。

三輪良雄（元防衛事務次官）、杉田一次（元陸上幕僚長）、藤原岩市（元第一師団長）、広瀬栄一（元北部方面総監）など自衛隊OB達、および益田兼利東部方面総監を含む当時の現職高官方は、楯の会創設を自衛隊の広告塔とし、民兵創設への足掛かりにしたいと考えていたのでしょうが、三島さん本人と彼らの認識にギャップがあったのは確かです。

——三島との出会いや印象についてお聞かせください。

冨澤　おそらく三回です。一度目は一九六七（昭和四二）年四月頃、義父の藤原岩市が御殿場の茱萸沢にあった私の借家に三島さんを連れてきた時です。「石原閣下がファナティックであったはずはない」という言葉が印象に残っています。

二度目はその一週間後、御殿場市内の料亭「歌仙」で雑談した時です。出席した自衛官は私を含む防衛大学校出身の同期四名、日本大学出身の同期一名、計五名でした。三島さんからクーデターの話が出ましたが、全員で否定しました。三島さんは「あなた方がクーデターをやるはずはないですねえ」と高笑いし、「Aさんのようなインテリには敵わないなあ」と述べました。

三度目はその数日後です。私はたまたま独身宿舎の友人に会いに行った際、三島さんの部屋に行き、「三人で昼食をしませんか」と誘ったところ、「間もなく原稿を書き上げるのでちょっと待って下さい」とのことでした。そこで私は友人の部屋に行き、碁を打っていました。そこへ来た三島さんがしばらく碁を見ていましたが、ものの二、三分も経たぬ間にしびれを切らし、「先に行きます」と言って消えてしまいました。当然、年長の有名者を二、三分といえども待たせてしまった我々の行動が失礼でしたが、「この方は無駄な時間を過ごすことの大嫌いなお人なのだ。それなら何時何分に行きましょう、とはっきり言って下さればよかったのに」と感じました。

ちなみに「三島氏は小さなお人」という印象は感じませんでした。それは会った人それぞれの個人差によると思います。筋肉隆々ではあったが、心肺機能が弱かったと聞いています。

――過去の対談によれば、国民学校入学前の一九四四（昭和一九）年、お父上である作家の冨澤有為男が石原莞爾のファンだったことから、一緒に鶴岡の石原邸を訪ねており、「青白くて、子供の目から見ると何とも気味の悪い人でした。子供心に一種の狂気のようなものを感じた覚えがあります」と述べていらっしゃいますね。それを三島に話したところ、「石原閣下がそんなファナティックであるはずはない」と激怒したとのことでした（冨澤暉・田原総一朗『矛盾だらけの日本の安全保障』海竜社、二〇一六年）。その際、三島は石原を肯定する理由は何か述べていましたか。また、三島が旧陸軍について言及していたことはありましたか？

冨澤　「石原閣下がファナティックであったはずはない」という言葉のみで、「なぜならば」以下の言葉は全くありませんでした。また、三島さんが旧陸軍のことに言及していたことはなかったと思います。私は以前、ある講演で「三島は帝国陸軍と陸自の間にある『連続と断絶の実態』を認識していなかった」と述べたことがあります。旧軍では中隊の居室に小銃を置き、起きたら直ぐ隊員それぞれが小銃を持つことができました。また、訓練用弾薬も、実戦用弾薬も中隊長の責任で出し入れできました。自衛隊では小銃は各中隊にある武器庫に鍵をかけて保管され、中隊長の許可なしに隊員が銃を持つことはできません。駐屯地の弾薬庫から弾薬をもらうためには中隊長の申請により各駐屯地業務隊長がその責任により弾薬を各中隊の弾薬係に渡しますので、二・二六事件のようなことが中隊長以下でできるわけはないということです。そうしたことを三島さんは全く考えていませんでした。

――富士学校に体験入隊していた当時の三島が教育・訓練内容で特に興味を持っていたものはありますか？　また、昭和四〇年代の三島は徐々に政治的な発言をするようになりますが、三島との関係について、特に自衛隊内部で注意や指示といったものは出ていましたか？

冨澤　私は三島さんの教育訓練に関わっていませんでしたのでわかりません。書かれたものによると「戦術教育」については「こんな面白いものがあるとは知りませんでした」と言っていますし、対番学生を務めた私の同期である菊池勝夫君によると、「ともかく長距離走は駄目だった」と言っています。杉山隆夫『兵士になれなかった三島由紀夫』（小学館、二〇〇七年）によると、高所綱渡りも苦手だったようですね。

私が三島さんとお付き合いしていたのは一九六七年の四～六月頃です。しかも、その紹介をしたのが妻の父・藤原岩市であったということで「付き合いに気をつけよ」などという指示は、富士学校長からも富士教導団長からも戦車教導隊長からも一切ありませんでした。しかし、その後、三島氏がレンジャー訓練を受けるようになり、レンジャー教官だった福岡喬さんが三島さん宅で御馳走になる頃には碇井準三富士学校長が福岡さんを校長室に呼んでいろいろと福岡・三島の会話内容等について質問していた、と杉山隆夫氏の著書（前掲書）には書いてありました。

――三島事件当日のことをお聞かせください。

冨澤　私は一九七〇年夏に幹部学校を卒業して富士学校の研究部第四課（機甲担当）勤務となり、一一月二五日の第一報をその第四課の部屋のテレビで観ていました。それを一緒に観ていた四課の次席の二佐の方が翌年あたりに一佐となり、直ぐに「三島にあれだけのことを言われ、やられて自分が荏《じん》苒《ぜん》（なすこともなく）と自衛隊にいることはできない」と静かにお辞めになられたことが忘れられません。ただ、そういう人はその人だけだったように思います。東部方面総監部前の広場で野次を飛ばした自衛官達については、あの状況で三島氏の声が聞こえず、檄文の言葉も難しく、ともかく楯の会の服装でバルコニーを占拠した行為が尋常ではない状況下、当然であったと思います。

三島と接した山本舜勝、菊池勝夫、西村繁樹ら当時の自衛官たちが最終的に三島らと行為を共にしなかったことは自衛隊にとって幸いなことであり、当然なことであったと思います。しかも山本一佐には治安出動に関する一切の権限はありませんでした。

元陸将・福山隆氏も指摘しているように、「クーデターができる」と思わせて、最後に「今はその時ではない」と梯子を外したのはプロ（職業軍人参謀）の仕業とは言えません。「本来このクーデターは起きないだろうが、長期的民防組織として訓練だけは現実的なものを蓄積しよう」と説得・指導すべきでした。最後の判断は正しいですが、訓練を始める段階での意図に何か不純なものがあったかと疑われます。

すべての人が「自らの心を救う言葉」を持ち、「社会人としての責任ある行動」を持ちます。ただし、その均衡のとり方が違うだけです。三島さんは「浪曼」（言葉）に優れた「特別の人」でした。その人を尊敬し、自らの心を反省すべきですが、共に行動はできないし、真似するべき人でもないと思います。

――元楯の会会員・村田春樹氏の著書『三島由紀夫が生きた時代』（青林堂、二〇一五年）によれば、三島事件後に「自衛隊で千人の隊員に無差別抽出でアンケートを取ったところ、七割以上の隊員が檄文に共鳴すると答えたそうだ」とあります。当時、そのようなアンケート調査が実施されたことはご存じですか？　また、檄文の内容についてどう思われますか？

冨澤　私自身はアンケートを受けたことはなく、そういうアンケートがあったことも知りません。檄文の内容については同意する点、不同意の点、相半ばしています。

三島さんは「自分＝国」という考え方で、貫き通しましたので、一九七〇年代の日本国を全く考えていません。やはり「時代離れ」していたのではないでしょうか。楯の会創設者として楯の会会員の人生のことを考えていたことは評価できますが、それなら楯の会など創らなければよかったのにという批判には耐えられないのではないでしょうか。

そもそも三島さんは「忠恕」のうち、「忠」が強すぎて「恕」のない人でした。こういう人は部隊指揮官にはなれません。にもかかわらず、楯の会という部隊を創り、その指揮官になったことが間違いでした。「恕」がなければ、部隊統率はできません。また、三島さんの天皇は三島個人が「生き・死ぬ」ための天皇であり、社会のための天皇ではありません。「天皇が嫌がっても熱い握り飯をその口に押し込まねばならない」というのは身勝手な議論だと思います。だからこそ、現在の上皇陛下は皇太子時代から三島さんを忌避されたと聞いています。私個人は、「日本人は統治の安全弁として天皇制度を必要としており、現在の象徴天皇制を当分維持していく」と信じています。

――三島と接点のあった自衛官の一人に西村繁樹氏（元一等陸佐、元防衛大学校教授。二〇一九年逝去）がいます。玉稿「西村繁樹君との五〇年」（『偕行』二〇二〇年二月号）によれば、一九七〇年に富士学校特科初級幹部課程学生として入校した西村三尉（当時）から「三島先生は学生運動に対する治安出動に合わせてクーデターを起こし自衛隊を真の国軍にしようと言っておられます。先輩には一緒にやる気はないのですか」と問われた際、これを冷静に諫めたところ、「冨澤さんのような『だら幹』とは話ができない」と怒り出した場面には驚きました。西村氏は生前、「三島さんは時代の雰囲気に飲まれやすい人だった」と述べていましたが、そのあたりはどう思われますか？

冨澤　私はそうは思いません。むしろ三島さんは「時代離れ」していたのではないか。そして、西村君のほうが「時代の波に遅れないように」と焦ったのではないかと感じます。「三島事件に参加しようとしたが踏みとどまった」という表現よりも、「参加しようとしたがタイミングが遅れ、三島・森田に拒否された」とするほうが正しいと思います。

簡単に言うと、三島さんは自衛隊の中に二・二六事件当時の若手将校のような人達が必ずいるものと「希望し、信じて」おられたのかと思います。しかし、天皇の「股肱《ここう》の部下」として育てられていない自衛隊と帝国陸軍は全く違っており、三島さんと共にクーデターを実施するような若手将校は結局のところ一人もいませんでした。西村君だけは「三島さんと一緒に死のう」と思ったかもしれませんが、それでも自らの部下を引き連れて「三島さんと一緒に行動しよう」とまでは考えていなかったと思います。

あの事件は「国のため」、「自衛隊のため」に為されたものではなく、「楯の会の筋を通した解散のために」為されたもの、というのが同期である私と菊地勝夫君の合意した意見でした。その意味では森田必勝こそ、事件の主導者であるという見方は正しいかもしれません。

三島事件によって、その後の自衛隊は多く変化せず、逆に自衛隊は崩壊もせず、予期以上の発展もしませんでした。この間、自衛隊は国民に逐次認知され、「最も信頼できる組織」の一つになったことは自衛隊員たちの努力の賜物であり、喜ばしいことです。ただし、三島さんたちが指摘した自衛隊の諸問題には解決の目途が全く立っていません。この点に関して、論文「軍事の問題は世界基準で考えよ」（『正論』二〇二二年一〇月号）では、「（1）国連参加国の義務として集団安全保障措置たる武力制裁（準備）に参加できる軍事組織を持て。（2）その軍事組織の名を自衛隊、自衛軍ではなく国軍・国防軍或いは防衛隊とすべし」ということを提言しました。

――三島が檄文で訴えた主張の一つに日米安保体制への批判があります。西村繁樹氏はのちにアメリカのランド研究所への在外研修を経験し、その見地から「三島さんは日米安保体制について正確に理解していなかったのではないか」と述べていましたが、そのあたりはどう評価されますか？

冨澤　この西村君の意見には基本的に同意です。今でも日本人の多くの人は日米安保体制の内容を正確に理解してないのではないかと思います。しかし、そこまで言うと、さきほどの回答と矛盾してしまいますね。世の中矛盾だらけです。ご自身で考えてみて下さい。なお、私自身は米ソ冷戦終結後もアメリカの軍事的優位は変わっておらず、アメリカや友好国と協力して世界秩序の維持に取り組んでいくべきだと思っています。こうした問題については、著著『逆説の軍事論』（バジリコ、二〇一五年）、『軍事のリアル』（新潮社、二〇一七年）で詳しく述べてあります。

――三島と接点のあった一人として現代の日本人に伝えたいことは何でしょうか？

冨澤　三島さんの純粋性（曖昧さ、ごまかしのない精神）が今の日本社会から薄れつつあるのも事実です。将来、三島由紀夫を祀る神社が創建されたら、参拝して自らの心身を清めることを勧めたいと思います。すべての「利他的行為」は「利己心」から出発している、という学者の話を聞いたことがあります。ならば、我々凡人はどう生きたらよいのか。「社会と個人の関係」を一人一人が考えるべき秋《とき》なのであろうと思います。

三島事件については、人それぞれの立場において、いろいろと違う見方があることを若い人達に教えて下さい。その人達が自分の立場をよく弁え、自分自身の意見を持てる人になることを応援してやって下さい。（令和六年六月収録）

第四章　「憂国忌」シンポジウムの記録

三島由紀夫を通して日本を考える

パネラー：井尻千男、遠藤浩一、桶谷秀明、西尾幹二
司会進行：宮崎正弘

本章は、平成二二（二〇一〇）年一一月二五日に開催された第四十回「憂国忌」シンポジウムの記録です（文責は編集部）。

三島晩年の精神のかたち

宮崎正弘　事件直前に三島由紀夫は次のような文章を遺しました。
「私はこれからの日本に大して希望をつなぐことができない。このまま行ったら『日本』はなくなってしまうのではないかという感を日ましに深くする。日本はなくなって、その代わりに、無機的

な、からっぽな、ニュートラルな、中間色の、富裕な、抜け目がない、或る経済的大国が極東の一角に残るのであろう。それでもいいと思っている人たちと、私は口をきく気にもなれなくなっているのである」（産経新聞「果たし得ていない約束」昭和四五年七月七日夕刊）

今日、日本はまさにこういう状況に陥っているのではないのかと思われます。

井尻千男　『日本文学小史』を読み返しました。感動したのは『古今和歌集』について語っている箇所、戦後の日本文学史でいうと『万葉集』、ある意味では人間の存在の原点を表現している意味では普遍性があります。『古今和歌集』は国粋的であるといえる。

三島は『文学小史』で〝古今に帰れ！〟と言っている。その意味をいくつか考えさせられました。まず近代文学に対する三島なりの超越、超克。つまり近代文学、生命尊重と個人主義と個性信仰、これが近代文学だとすれば、三島が〝古今に帰れ！〟と言っているのは、この個性という定かならぬものに、人間の癖に近いものにこだわっている、その個性信仰文学に対する絶縁状だと思った。

〝古今に帰れ！〟というのは日本語の国民的様式に個性以上の価値を置くという宣言だと思います。三島の辞世を少なからぬ文学者たちが、「月並み」と評した。三島的個性がないとでも言いたげな表現でしたが、そこにこめられた日本人の魂の普遍性は十分に表現されているではないか、日本のもののふの叫びが表現されている。この辞世は個性を超越しているんです。個人主義を超越しているんです。芸術における「近代の超克」です。

個性の尊重、生命の尊重、経済の合理主義が近代の三大要素だとすれば、三島が『文学小史』で〝古今に帰れ！〟と書いたのは、「近代を超克する」という三島晩年の精神のかたちができたからこそ、そう断定したんです。あるいは呼びかけたのです。

宮崎　冒頭から大命題が出て参りました。近代の超克。遠藤浩一氏は今年『福田恆存と三島由紀夫』（麗澤大学出版会）という上下二巻、一二〇〇枚の大著をものにされました。その苦労話、事件から四〇年後の感想などをお聞かせ願います。

〝近代の超克〟と〝歴史への回帰〟

遠藤浩一　井尻氏から文学における〝近代の超克〟という、ひじょうに大事なキー・ワードを提示していただいて、頭の中の霧が晴れてきたような気がします。三島は晩年に近づく頃から、様式・形式の美しさ、型の強さ、型というものにあえて収斂させる美しさ、といったことが表現上の大切なものになっていったと思います。それが〝歴史への回帰〟に繋がる。

幼少の頃から祖母に連れられて、歌舞伎等々に親しんでいた幼児体験から連続する。歌舞伎の古典的な様式を持って歌舞伎台本を書ける稀有な人と歌舞伎役者から評されていた、他に少ないというか絶無といっていい戯作者としての顔がありました。

新しいものを新しく書くのではなく歌舞伎本来の文脈において、歌舞伎の台本を書くということに、果敢に取り組んだのです。これは近代を生きる日本人にとっては苦しい作業です。頭の中で考えてできることではないと思うのです。

三島の血肉になっていたものが、必然的に、井尻氏の言われた文学における、ひろげていえば芸術における〝近代の超克〟というところに戻っていった印象を受けます。様式の中に見出される美とは、美だけではなく、美醜のあやなすもの、善悪二つをきちんと見るということ、美も醜も、善も悪も、二つを引き受けて、日本というものを引き受ける、それは三島の思想、芸術観、あるいは美学、人生観といいますか、そういうものに感じられてならないのです。

保田與重郎と三島由紀夫

宮崎　桶谷さんは『昭和精神史』、『草花の匂ふ国家』などの著書を書かれています。どちらかといえば三島より保田與重郎がお好みかもしれませんが、事件から四〇年を経過した今、どう思っておられますか？

桶谷秀昭　このシンポジウムのテーマは『没後四十年―日本はここまで堕落したか』です。堕落しているあいだは、まだいいんです。もうその先を行っているんじゃないか。ということは「滅び」ですね。このまま行ったら日本は無くなってしまうということを、もう十年前から、何かの折に書いたりしていまして、ああいう過激なことを言っちゃあいかんと注意されたことがあります。

しかし、そう言わざるを得ない状況があって、もう四〇年も経過した。私が最初に書いたのは、百枚くらいの『保田與重郎論』で、そのとき三島由紀夫という文学者が視野に入っていたかというと、入っていませんでした。

なにが問題だったかといいますと、戦争に負け、アメリカに占領されていろいろな言論統制を敷かれた。NHKはいまだに〝大東亜戦争〟という言葉をタブーにしていて、〝太平洋戦争〟と言えというから、ケンカして出てきたことがありました。あの局はまだ太平洋戦争から何を学ぶかなんてやっていますが、太平洋戦争からは何も学ぶものはないんです。〝大東亜戦争〟からしか学べない。（観衆拍手）

保田與重郎と三島由紀夫は十五歳も年齢が離れています。その二人がどういう点で接点があり、接点がなかったかについて、今日は話してみたいと思います。

さて、あれから四〇年経っても、あいかわらず日本は変わってないな、尖閣諸島でああいうことが起こりまして、一発爆弾でも落ちてこないと目が覚めないのかなんてくだらないことを考えてしまう状態です。事後論、情勢論にばっかり話が行くと、分かりやすいのですが、あまり実りがない。問題は人間の精神のあり方というところに収斂しないといけないのです。

三島はウルトラ・ナショナリストだったか？

宮崎　お待たせしました。保守論壇の暴れん坊、西尾幹二さんにお願いします。

西尾幹二　今年（二〇一〇年）の正月、ドイツ大使館公邸から招待を受けまして、日本人、ドイツ人数人とフォルカー・シュタンツエル現ドイツ大使にお目にかかっていろいろ議論をして、後日、大使はご自分が若い頃に書いた三島論を送ってくれました。

シュタンツエル氏は日本学、中国学をなさっていて一九七二年から京都大学に留学していた時期があって、私に送られて来たのは英語で書かれた「Traditional Ultranationalist Conceptions in Mishima Yukio's Manifesto of. 1970」という論文でした。"manifesto"は三島が割腹したときの「檄」のことです。

三島の生涯はウルトラ・ナショナリズムに捧げられたものではないけれども、大使は何と言ってもウルトラ・ナショナリストだったという。現代日本の空虚と腐敗、それに対比される真の日本、その真の日本を実現する真の人間、ここでいう人間、マンはヒューマンではなくて、すなわち「侍」、四番目としては侍は孤独死するのではなく共同体の同志によって達成される行為、その犠牲的行動がなによりも三島によって高く評価されているが、それは特にめずらしい話ではない。

私が面白いと思ったのは、三島は自分の国の外に何ら「敵」のイメージをつくり出さなかった、自国の悲惨がその国のせいだというスケープゴートを国外に見なかった、日本がアメリカの政治的リーダーシップに従うあまり、独立しないのは嘆かわしいと、三島は言っているが、それはアメリカが日本に敵意を持つ国だからではない。しかもアメリカ以外の国はどこもあの「橄」の中に言及されていない。三島が主に苦情を申し立てているのは自国の国内の状況に対してであって、敵対感情を投げかけてくるような外部からのいかなる脅威に対してではない。

三島は政治的にも国内の日本人に訴えたので海外に向かってではなかった。

一九七〇年前後は日米関係が最も安定していた時期です。ですから、ドイツ人外交官の目に外的な恐怖も脅威もない時代に、あの苛烈なナショナリズムを燃え立たせる三島由紀夫の情熱は理解できないものに見えたのでしょう。

けれども大使の分析はそんな浅いものではなくて、江戸末期の国体の概念と三島の国体論を比較しているんです。古代以来の神話の提示する天照大神を始祖とする万世一系の統治に由来する国体の観念です。

江戸末期の志士の国体論と三島の思想と行動を結びつける人は多くありませんが、ドイツの大使がこの観点を引き出したのはひじょうに興味深く思います。

そして、目を開かれたのは江戸末期の国体論を扱ったという点ではなく、先に述べた三島が外敵を見なかったということ、三島が自国の外にいかなるhostile enemyを見ていないという点です。三島の行動は戦後の日本人らしく内向きだったかもしれないけれども、その洞察と予見の力はたいへん深くて、自由民主党が最大の護憲勢力だと喝破した、あの最後の言葉は現実の姿を露呈させている。

ひとまずはこのドイツ人の問いを私の心で反芻したのですが、そうではない、三島はものすごく強大な敵を見ていた、具体的な外敵を見ていたと気づいたんです。私自身うっかりしていたんですね。「檄」をもう一回読み直してみて、はっきり分かりました。私たちは歴史を見落としているなと思いました。謎めいた表現で恐縮ですが……。

宮崎　以上で問題点はほぼ出揃ったと思いますので、それぞれ一〇分から一五分くらいでさらに演繹していただきたい。

「君はあたまを攘夷せよ」と三島は村松剛に言い残した

井尻　劇と言ったのは、三島由紀夫、福田恆存、村松剛、この三人の昭和四五年に集約されている劇というふうに申し上げていいですね。三島はこの二人の友人、つまり戦後の保守の中核的存在です。福田氏も村松氏も。しかしまだ当時はソ連、東欧圏が健在で、イデオロギー論争も健在でした。共通の敵がいました。しかし共通の敵がいたという意味では、連帯しているのでありますが、三人の間の心の距離が生じ始める。

その対立的なるものの言葉、せりふで思いだされるのは、三島は福田との対談の中で、「福田さんは暗渠で西洋と通じている」というふうに言いました。「暗渠で西洋に通じている」。この通じているというのは何か密通しているみたいなね、そういうネガチブなニュアンスがこめられている。これは単に左翼との戦いにおいてはそれほどのことはなかったんでしょう。

三島が〝古今に帰れ！〟とわが国の伝統、文化の精華、最良のものを発見し、それに繋がろうと決意した、まさに『文化防衛論』の見地に立てば、暗渠でヨーロッパ、西洋と通じているということには、若干の問題ありだと福田に迫っているはずであります。

三島の「劇」が終わったあと、福田はなおシェークスピアの戯曲の翻訳にまい進し、そのあとは遠いギリシャ悲劇まで行きます。つまり福田は学生時代のD・H・ロレンスの評論、そこからシェークスピア、古代ギリシャ、ヨーロッパの淵源を探ってゆくそれなりに素晴らしい業績をあげました。暗渠で西洋に繋がっているどころじゃない。

そういう福田が一一月二五日の事件に対して、多くを語らなかったのは、それなりに三島由紀夫との距離の大きさ、距離感に沈黙を守ったんだろうと思います。

もう一人、村松剛と三島の関係です。あるとき三島は村松に、「君の頭の中を攘夷する必要がある」というふうな台詞を発します。私は村松を立教大学にいる時から勝手にわが師と思っていました。当時は『評伝ポール・ヴァレリー』、フランス文学の中でも最も純粋にラテン・地中海の詩心、ポエジーと哲学、そのヴァレリーの評伝に長い間没頭している。そういう頃から村松をずっと仰ぎ見ていた人間です。

私もじつは最初の文芸批評めいたものは、三島論、『仮面の告白』を手掛かりにした評論でした。三島もじつは最初から日本の中枢にいたわけではない。

やはり戦後という時代を彼なりに、ヨーロッパを見、特に初期においては、小説においてはフランス文学のラディゲを模倣するがごとき作品もある。おそらく劇においてはラシーヌをかなり意識していただろうと思われます。

三島自身のギリシャへの憧れも含めて、ギリシャからヨーロッパへ、花咲くヨーロッパ文明文化をじゅうぶん学び愉しみ味わってきた三島が急速に「日本回帰」した。その意味では、三島が自分の中で攘夷をしているんです。

心の中の攘夷、それが福田に暗渠で繋がっていると言い、村松に攘夷せよと言っているが、いや三島だって長い旅をした果てに、自分の中で攘夷をやった。ですから村松を責めているとか、福田を責めているというよりも、自分は自分の中の攘夷が終わったんだ、これからその結論を生きるんだ、たぶんそういう気持ちなんだと思います。

村松はあの事件のあと素晴らしい仕事をしている。三つあげるとすれば、一つは『帝王後醍醐』。後醍醐天皇の事績を詳細にかつ哲学的思想的な側面まで含めた素晴らしい後醍醐論を書きました。次に『醒めた炎』。幕末維新、王政復古の大号令という維新革命の時代背景の中で木戸孝允を中心にした、これも大変な労作です。もう一つどうしてもあげておかなくてはならないのは『死の日本文学史』。死をテーマにした日本文学史です。これらはある意味で三島が自分の中でおまえも攘夷せよと言った、いや、俺だって自分なりにやってんだという返答かと思います。

いま三島、福田、村松の昭和四五年の位置関係を確認しました。それから四〇年の間の大きな歴史〈転換〉、それは冷戦の崩壊です。冷戦が崩壊して、ソ連や東欧圏が消滅した。この時に三人の共通の敵である左翼革命思想がそこで崩壊したのです。

ですから、もし三島が存命であって冷戦終焉を迎えていたらどうだったか。そこでいよいよもって、先ほど言った短いセリフにこめられた問題がクローズアップされる。つまり共通の敵がいなくなったんだから、西洋に通じている保守派と、この国の真髄を護らんとする保守派、この対立は必然であります。もしこの三人が存命であるとしたら、近代保守、近代西洋をたっぷり含んだ近代保守の福田と、伝統保守の三島の対立になるでしょう。でもその時、村松は三島と腕を組めるんです。すでに『帝王後醍醐』、『醒めた炎』、『死の日本文学史』といったかたちで（伝統保守の立場を）現わしていますから。

伝統保守派である「三島・村松」と、近代保守つまりD・H・ロレンスからシェークスピアの劇場悲劇に行った「福田」は対立せざるをえない。これは必然です。これを避けたらやはり知的怠惰と言わざるをえません。

この論点は、スリリングな対立が起こると思います。

体制保守は最も堕落した市場原理主義というニヒリズムですから、自民党が衰退し、心ある国民が自民党を見放したのは当然であります。思想的にはほとんどニヒリズムです。小泉純一郎がその代表者です。

そのように考えますと、いま我々が「憂国忌」という祭事を行う、三島を偲びつつ日本を考えるとしたら、やはり戦後の制約、冷戦構造の中で成立していた近代保守と、占領軍によって完全に暗渠に閉じ込められた民族派保守、あるいは伝統保守、これのせめぎ合い、戦いにならざるを得ない。（観

衆拍手）

経済方面における、ボーダレス・エコノミーだのグローバル・エコノミーとか経済における普遍主義、これらすべては近代保守が支持している。ところがこれは怖るべき覇権主義です。普遍主義は覇権主義と表裏一体だったということが少なくとも冷戦終焉後の思想的状況です。

ボーダレス・エコノミー、あるいは近代、現代というものは、普遍を大事にしているようにみえますが、覇権に屈していることに他ならない。大局的に見た今の日本の保守といわれる大枠の中の最大の問題であっって大同団結は不可能ですよ。三島が今を生きていたら、必ずそう言います。

三島は命をかけて、伝統保守、日本を保守するんだ、日本の最良の文化を保守するんだ。それが、私が最初に紹介した、三島の〝古今に帰れ！〟です。醍醐天皇は先代の宇多天皇が遣唐使を廃止し、醍醐天皇はシナからの書画骨董の輸入まで禁止した帝王です。つまり文化ナショナリズムの発揚のために、インテリ層が好んだシナの美術品の輸入貿易を禁止した。そこまで過激な文化鎖国をして古今集の編纂を命じたわけです。

三島が〝古今に帰れ！〟というのは、最初に言ったように単なる日本語のスタイル、形式の完成だけではない。精神の問題でそう言っているんです。いま私たちは三島が〝古今に帰れ！〟と言った意味の深さを思い起こすべきでしょう。

宮崎　今の井尻さんの話に出た村松氏の妹さんと息子さんも会場におられます。さて遠藤さん、福田と三島について長い、長い物語をお書きになりましたが、特に我々が知らなかった演劇の世界でこの二人が鋭く対立していたということまでお書きになっている。そのあたりも言及する時間があればと思いますが、まず先ほどの問題提起の続きをお願いします。

最初は下水道と上水道と発言し、のちに「暗渠」と比喩した

遠藤　西洋と暗渠で通じているじゃないか、という発言は、昭和四三年一月箱根の〝松の茶屋〟という旅館で「日本人の再建」という長い、長い座談会をやった時に、三島からこの発言が出てきた。

この「暗渠」という言葉は福田が後年翻訳して置き換えた言葉で、現場では「下水道」という言い方をしている。つまり福田に向かって、あんた「下水道」で西洋と続いているじゃないかと切っ先を向けるわけです。福田は、君だって日本と国粋主義で繫がっているじゃないかと反駁するわけです。そうすると三島は、俺の方は上水道だと言うわけです。福田はこの「下水道」というところにひじょうな引っかかりを感じたんだと思うんです。それを活字化した時に「暗渠」と直したのですが、おまえは「下水道」で日本と繫がっているじゃないかという切り返しに福田の三島に対する批判の核心があるのです。

つまり上水道か下水道ということが大事なポイントだったわけです。井尻氏が提起した福田と三島の対立局面というのは、おそらく抜き差しのならないものだったろう。

私は対立局面を拡大して見るよりは、両者を大同団結とは言いませんが、あわせて見るということが、自分に課せられた見方だろうと思っています。

福田がやろうとしたことは日本の文化的、精神的領域をどんどん拡大するんだ、他者の領域を侵犯して略奪して自らの文化的領域を拡大するんだという意味で、他者に対して貪欲に吸収するということを打ち出したんですね。

三島が自己、あるいは日本というものに向かっていった契機といったものは何かというとやはり最初の世界一周旅行というと大袈裟ですが、外遊だったのではないか。

昭和二六年の秋から翌年にかけて、日本が主権回復をしようという時期に三島は日本を留守にして、ハワイからサンフランシスコを経て南米に行って、それからヨーロッパに行く。各国で三島が感じたもの見たものは非常に興味深いものがあった。一言で言うとアメリカにいるまでの三島は、冷たい他者の視点でアメリカというものを徹底的に批判しているんですが、南米リオデジャネイロに行ったあたりから急に解放されるわけです。いろんな要因があったのでしょうが、身体的な解放も含めて解放されて、ヨーロッパに行った時は、どっと生命のほとばしるような叫びみたいなものも飛び出る瞬間があります。

サンフランシスコで三島が示している他者認識に、三島のアメリカ像の本質があると思います。アメリカという人工国家をこういう風に表現しています。

サンフランシスコはほとんど風土を感じさせない。一地方の人間と自然、歴史のあの長い感情的交錯を感じさせない。そういう感情的交錯のないことは、合衆国という土地が与えられたものではなく、獲得されたことにあるのだろう。合衆国の自然は後天的なものであって、先天的なものではない。いかなる意味においてもこの国の自然が住民の宿命でないことによるのであろう。

神々から与えられた土地ではなくて、人工的に獲得した土地であるがゆえにそれには住民にとっての宿命が無いのであるということを三島は観察している。おそらく国家観、国土というものに関する感覚は、日本人のそれとは決定的に違うところであろう。その違いを三島は初めての外遊でヨーロッパというよりアメリカとの違いを徹底的に感じた。

その頃から三島の書き割り（舞台用語。歌舞伎の大道具）のような美意識が、だんだん内実を具えたものになっていく。これは私の三島観察ですけど、それがちょうど主権回復の頃、外遊をしたことを契機にだんだんはっきりしてゆく。そして昭和三〇年代に入るとそれがだんだん色濃くなっていく。三島は昭和三〇年に『小説家の休暇』の中で被占領期について「お先真っ暗な解放感」と述べている。

これは絶妙な言い方だろうと思うわけです。

「お先真っ暗な解放感」、たしかに解放されているんです。解放されているけれども、その先にいったい何があるんだ。「主権回復は仮初めのものでしかなかった、みずからの意志によって獲得したというよりも、与えられた解放でしかなかった。それが昭和二七年の主権回復に対する三島由紀夫の生涯変わらぬ冷淡さの所以です。

政治史的に見ると昭和三〇年代前半というのは、日本は割合しっかり頑張って脱戦後を政治的にも頑張ってやろうとしていた稀有な一時期だったのですが、三島から見ると虚構というか、虚しさというか、そういったものを感じた場面だったんでしょう。

そこに虚しさを感じて自己に収斂させてゆくことが伝統保守であるというならば、なるほど三島のそれからの一五年間というものは、私からすると平仄《ひょうそく》が合う。

一方で福田はそうではなくて、いろんなものを両手を広げて引き受けようとした。引き受け過ぎて、たとえば劇団経営では失敗とまでは言いませんが、本人の性格に合わないものまで引き受け過ぎてしまった。

ここが両者の決定的な違い、その違いがあるのは紛れもない事実でありまして、その対立局面で両者がスリリングに切っ先を合わせてきた。これも事実です。私がどちらかに与《くみ》するというよりも、その両者のスリリングな対立そのものに、戦後というものの、いや戦後のみならず近代日本というもののの宿命というものがあったのではないかなという気がしています。

宮崎　この会場に福田恆存氏の息子さんも来ておられます。福田氏はやはり劇団経営でたいへん苦労なさった。議論がなかなか嚙み合わない点もありますが、とにかく互いに自由なことを言いあって後でまとめることにしましょう。

過激なローマン主義と三島美学の交差

桶谷　保田與重郎と三島由紀夫の接点というものがどういうところにあったのか、あるいは接点というものがどこになかったのか。

昭和二〇年八月一五日、日本は無条件で降伏するわけです。昭和二〇年は戦争最後の年でした。一月の末に本土決戦要綱（「決戦非常措置要綱」）というものが出てきます。フィリピンが奪い返され、六月に沖縄が完全に陥落し、その次が本土決戦で、アメリカが本土に上陸して来る。その昭和二〇年の時点で、保田與重郎は何をしていたか、三島由紀夫は何をしていたかの話をいたします。

当時、保田與重郎は東京の落合におりました。文壇で仕事をする便宜もあったんでしょう。元旗本の古い家を買い取ったようです。そこで保田は三月一六日の夜中一一時に、故郷大和桜井の町長発信の電報を受け取ります。一八日中に大阪の中部第二二部隊に入隊すべしという召集令状でした。

私の父は何度も召集されていて、今でもありありと思い出すんですが、召集令状はだいたい夜中に来るんです。夜中に「電報です!」とドンドンされるとまた来たなと思うんです。

保田への召集令状は桜井から転送されてきたんだけれども一六日に来て、一八日に入営するとしたらその間の時間は二四時間くらいしかない。ふつう召集令状は受け取ってから隊に入るまでだいたい一週間弱の余裕があるんです。なぜ保田與重郎の場合、それがなかったのか。

証拠がないので憶測になりますが、これはやっぱり陸軍情報局からにらまれていたんです。事実この頃、保田與重郎の家を、軍の情報局からまわされた私服の憲兵が毎日監視しています。つまり保田與重郎は戦後、公職追放になり、大東亜戦争で最も悪質な、最も好戦的な文士であるという理由で文壇からも生き埋めになった人です。それがじつは陸軍情報局から憎まれていた。それはどういうことだったのか。このことは踏み込んでみる必要がある。

要するにあの戦争というのは二つあるんですね。国家が国策的な言論統制をしてイデオロギー的に日本をまとめようとする。それに唯々諾々と従うのはおもしろくない。町会長なんてみんなそうです。

インテリはもう少し主体的に見ています。保田與重郎は非常にナショナルな文学者で、遠藤氏から風土と国民の精神の関係について、アメリカを例にとって言及がありました。アメリカはその有機的な繋がりが非常に希薄だと。

　まさに大和桜井、日本の故郷です。保田與重郎は、あの土地で万葉集の舞台を自分の庭のようにして育った人間です。そういう感受性を基礎において日本を主題にしている文学者。これは憎まれる。あの野郎はけしからん奴だと。非常に愛国者のようなことを言っているが、仮面をかぶったステルス左翼じゃないかと陸軍情報部は見ていたようです。

　保田與重郎は保守なのかといいますと違うんです。むしろ過激ロマン主義、革命ということがたえずその行間にただよっている。

　昭和一七年から書き出した大伴家持を主題にした『万葉集の精神』という大きな作品がありますが、これは戦争末期の日本の文芸評論の中で非常に優れたものの一つだと思います。『万葉集の精神』と中野重治の『斎藤茂吉ノオト』、本多秋五の『「戦争と平和」論』の三つはをたいへん優れたものだと思っています。

　『万葉集の精神』を読むと、これはいったい何なんだろうという、単純に言って、日本は勝てばいいと思っていないんじゃないか、敗けたほうがいいと思っているんじゃないかと邪推を引き起こさせる文脈なんです。保田與重郎の言葉を借りると〝偉大なる敗北〟。戦争の勝ち負けは問題ではない。そこで日本がどういう理想を抱いて終始するのかという、これを〝偉大なる敗北〟という言葉で保田は言っている。

陸軍情報局あたりの神経にさわるんでしょう。こいつは戦争に負けてもいいと言っているのか。そういうことではないんですが、国家の国策イデオロギーに従順な一般庶民のような戦争協力者と違って、保田與重郎は〝偉大なる敗北〟と言って、先ほどから各氏が問題にしている日本の〝近代の超克〟をテーマにした文芸批評家であり、文学者です。

私服の憲兵を保田の自宅につける。私服の憲兵は保田に、東海道線は連日のB29の爆撃でズタズタになっているからもう行かなくていいんじゃないかと言うんです。この憲兵なかなかいい人だったみたいです。

保田與重郎は一月中、肺炎で寝込んでいてその予後が良くなかったんですが、「いや私は行きます」と言って汽車に乗って大阪に行くんです。そしてすぐ下関に行って、制海権も制空権もアメリカにまったくとられ、潜水艦がうじゃうじゃいるなか、下関から釜山へ行く最後の関釜連絡船に乗り、朝鮮半島を北上して北シナの石門に行くわけです。汚い貨車に放り込まれて、気息奄々として石門に運ばれていったそうです。大阪の兵営を出た時に、路傍で一人のお婆さんが拝んでいるわけです。それを瞼に浮かべて苦痛に耐えていた。これが保田與重郎なんです。保田與重郎の昭和二〇年の生き方です。

三島由紀夫はそれより少し遅れて、勤労動員に出ていますが、召集令状がきて、本籍のある兵庫に行きます。ところが軍医が風邪をひいていた三島を肺浸潤と誤診して、即日帰京を命じられた。そこで三島は喜んで営門を逃げ出すようにして飛び出して、走って帰ってきた。

三島由紀夫は中世を舞台にした耽美的な『中世』という小説を書いていて、そのテーマはその頃よく使っていた〝予感〟というものがすべての美である、〝予感を抱いて生きる美しさ〟で、これは保田與重郎的に言い換えると〝偉大なる敗北〟です。

〝偉大なる敗北〟と言っている保田と〝予感を生きる美しさ〟と言っている耽美的、優美的に生きている三島と、歳はずいぶん違いますが、そんな違いがあるわけです。

三月一〇日の東京の大空襲、一〇万人の人間が死んでいますが、あの時も三島由紀夫は、空が真っ赤になってきれいだなあというふうに見ております。そして敗戦の時にもそれほど衝撃を受けておりません。三島由紀夫が書き残したものを見ますと、何かが終わった、つまり〝予感があらゆる美である〟という感受性がもはや無用になった新しい時代がやって来たのだという喪失感に襲われている。『仮面の告白』という小説が三島由紀夫の出世作ですが、当時この人は本心がない作家なんじゃないか、〝仮面の告白〟という一種のパラドックスですね。ところでこの人の素面は何なんだろう、やっぱり見当たらないというふうな批評を当時受けていたんです。

三島由紀夫が書いていた文章によりますと、戦時下一度だけ保田與重郎の落合の家を訪ねているんですね。そして謡曲の文体は何でしょうねと聞いたら、保田與重郎は、あれはつづれ織りみたいなものだと関西弁で言ったんでしょうが、がっかりして帰ってきたと言われています。以後、三島由紀夫は保田與重郎とは一度も会わずに、お互いにばらばらに日本を生きていた。

そういうように私は理解してきたが、どうも違うらしい。昭和一八年くらい三島由紀夫は毎週いっぺんくらいの間隔で、保田與重郎の家に学習院の友だちを誘って祝詞の解釈を聞きに行っていたという。これは保田夫人からも聞きました。そういうことを三島由紀夫が言わなかったのは、これから文壇に出ようとする人間が保田與重郎と付き合っていると不利だった。保田與重郎は精神的な患者のように嫌われていました。自分が行ったらかえって保田さんに迷惑がかかるんじゃないかというふうに考えたかもしれません。三島由紀夫は非常に気遣いする人ですから。保田與重郎の方はそのことを何も言っていません。

保田與重郎は身余堂という、京都の西の郊外の山に農家風の終の棲家を建てて住んでいました。保田は、昭和四五年一一月二五日の三島のあの死を突然知って非常に衝撃を受け、おそらく戦後の作家論、戦後はものをあまり書きませんが、最大の長さで新潮の「波」から始まって、「新潮」の三島特集に連載のかたちでその時の思いを書いています。なかなかいいものです。ほんとうに痛切な悲しみを胸に抱いて書いている。

保田與重郎の方は三島由紀夫に含むものはないし、三島由紀夫もかつて尊敬した日本浪曼派の先輩である保田與重郎を避けたというものでもないのですが、ついにこの二人は思想的に合致することがなかったんです。

川村二郎という批評家が、保田與重郎について深い洞察をしていて、昭和二〇年八月以後の保田與重郎は、予言が実現した予言者の孤独を生きていたと言っています。この予言とは〝偉大なる敗北〟のことだと思いますが、それがああいうかたちで実現してしまった。〝偉大なる敗北〟じゃなくて、〝非常に卑小な敗北〟ですがね。

〝非常に卑小な敗北〟とは、先ほどから諸氏が言っているように、アメリカ占領下における、抵抗精神がみじんも感じられない、そしてマッカーサーがこれほど徹底的に屈従した民族はないとまで言った、ああいうものです。

三島はそういうなかで『仮面の告白』で登場して、非常に戦後的作家だという印象を持っておりましたから問題にはしない。つまり私が問題にするのは、日本を主題にしているか、いないかということです。文学でも思想でも、この人は日本を主題にして仕事をしているのか！

保田與重郎は、戦後公職追放されて、占領下自分の名前で書けないわけです。昭和三〇年代の安保騒動直後くらいから、隠者のスタイルで書くわけです。『長谷寺／山ノ邊の道／京あない／奈良てびき』なんて題で書いたのもそうです。

先ほど遠藤氏が指摘していたように、昭和三〇年代前半の日本はまだある種の緊張感を持っていた。六〇年安保闘争というのはおかしな話で、岸信介は安保条約をアメリカと相互平等にもって行きたいという、そのために自分は内閣をぶっ潰してもかまわないんだという志を持っていた。そんな志を持った総理大臣は以後誰もいない。岸信介は志があったが憎まれました。その後、池田内閣から所得倍増論で経済、カネの方にいくわけです。

三島は『英霊の聲』あたりから日本に回帰していきます。日本に回帰して行った時に、あの戦時下『中世』という小説を書いていた三島が、ふっと日本を深く主題にした作家として再生してくることになる。それでもなお保田與重郎は読まなかったようです。

保田與重郎は、三島の『豊饒の海』も読んでいなかったと思います。ただ三島が死んだあの時に『天の時雨』という綿々とした追悼の文章を書きまして、これが非常にいいものです。戦後の保田與重郎の中で、最も長くて、そしていいもんだと思います。

そういうかたちで二人の文学者が深く関わるわけです。

三島の檄文には凄い予言がたくさん含まれていた

宮崎　今から四〇年前の昭和四五年一二月一一日、第一回の追悼会（三島由紀夫氏追悼の夕べ）が行われました。その時に保田さんは、京都からわざわざ新幹線で来られ、控室にいた林房雄先生と二〇年ぶりに会うことになりました。

西尾　一九六四年に中国の核実験が行われています。オリンピックの年です。三カ月後に佐藤首相はジョンソン大統領と日米会談を行って、中国が核兵器を持つなら日本も核兵器を持つべきだと考えるということを述べた、これはアメリカの議事録に載っている。

当時核保有国に、中国が入って五カ国になった。NPT（核拡散防止条約）が進められていて、この歴史を簡単にいうと、一九六三年国連で採択され、六二年に六八カ国が調印している。しかし日本は調印することをしばらく抵抗しました。一九七二年に発効しますが、インド、パキスタン、イスラエル、北朝鮮は入っていない。

日本は一九七六年に批准しますが、じつはこのことと三島の死は切り離せない関係にあることが私の中でしだいに認識されてきたし、広く認識されるべきだと思う。

佐藤総理は日本に対する核攻撃に対して、日本を必ず守ると言ってほしいとジョンソン大統領に言います。これが一九六五年です。ジョンソン大統領はこれを約束します。

ここからが問題なのです。一九六四年が中国の核実験、六五年がジョンソン大統領の約束です。そしてその年に沖縄返還が強く意欲され、核の傘を約束させて沖縄返還を実現。それからほどなくして佐藤首相は非核三原則を言いだします。作らず、持たず、持ち込ませず、です。

三島が自決した時、佐藤首相は「狂ったか！」と言いました。これは有名な話です。私は若い時それを聞いて、政治家がそうした文学者の行動について理解が及ばないのは当たり前のことでふつうのことだと思って、「狂ったか！」と言ったんだろうと思っていました。政治家らしい反応で、私はそれ以上深く考えなかったし、そのことで佐藤首相を責める気はまったくありませんでした。総理大臣ならばそういうことを言うのは当然だろうと思ったからです。しかしそうではないんではないかと少しずつ感じ出したんです。

当時の状況の中であの頃まで政府内では、日本はＮＰＴに調印してはいけないとの意見が強かった。日本一国だけが核から排除されるのは屈辱であるだけでなく、日本が永遠に二流国にとどまるということで不安だ、したがって当時は調印を先送りしたいという議論が政府内に強くありました。

それだけではなくて中国の核実験に大いに刺激されたためですが、核開発ということが密かに意識されていて、核兵器を作る方法について、内閣は極秘裡に専門家を集めて調査を行っていた。その結果、濃縮ウランからプルトニウムを精製する方法・核弾頭ロケットの製造・誘導技術が、佐藤首相の主席秘書官の楠田實に提出されています。

当時の日本で核開発はもちろんタブーとされていたし、原子力発電所すら反対だという声が圧倒していた、しかし保守政治の中には、しっかりＮＰＴを簡単に受け入れてはいけないという意識がありました。

佐藤首相がジョンソン大統領に、中国が核兵器を持つのなら日本も持つべきだと考えると言ったのは当然だと思います。そしてジョンソン大統領が核の傘を約束した。

ところが私が非常に不可解に思うのはそこから先です。ドイツと比較すればもっとはっきりするのですが、戦後、アデナウアー首相は西ドイツがＮＡＴＯに入る時に、核を開発しないことを約束しています。ドイツは今も核は開発していませんが、アデナウアー首相は核を持つ非常に強い意志と意欲があって、そのことがドイツの社会で承認されていたから、アデナウアー保守政権は維持され、その政策は承認されていたわけです。

ドイツにはそういう意志が強くあった。しかしヨーロッパの中ではそれが簡単にいかないものですから、何とかしてアメリカの核を持ち込みたい、作らず、持たず、しかし持ち込ませる、これが非常に強いリアリズムとしてドイツ国内にありました。一貫して何とかアメリカの核を持ち込みたい、そうしなければやっていけないという危機感があったからであります。

そのことは例の、政権が替ってずっと後のシュミットになった時に、ご承知のＳＳ20を持つソ連・東ヨーロッパと対決する、あの時期にアメリカの中距離核弾頭ミサイル、パーシングⅡをドイツが率先して受け容れ、かつヨーロッパ各国を説得して配備することでソ連を屈服させるという一幕がありました。

最初から「作らず、持たず、持ち込ませず」ではない。ドイツは持ち込ませることについては、非常に合理的な意志を持っていたわけです。けれども佐藤首相は、この三原則をみずから宣言してしまった。〝持ち込ませず〟と。私はこれを非常に遺憾なことと思うわけです。三島由紀夫が死んだ時にこういう問題が沸騰していたのであります。それを我々は三島を論じる時に忘れているんではないか。いま我々はそういうことがはっきり分かる時代に入っているのかもしれません。

hostile enemyがいなかったというドイツ大使の解釈は、外から見ていてうっかりしましたけれど、はっきりした敵がいたんですよ。

内面的、内省的、自虐的な三島ではなかったんです。敵は、日本をたぶらかそうとしているアメリカ、そしてそれに乗せられっぱなしの死んだような日本、具体的にはソ連や中国ではなくて、大きな轍の中に閉じ込められている今の日本、そして今日まで動かないこの現実だと思っているわけです。

（以下略）

第五章　海外での三島追悼会

パリ憂国忌

竹本 忠雄（企画）

パリで憂国忌が開催されたのは事件翌年、一九七一年六月二十二日だった。

パリ在住だった竹本忠雄氏が発企し、ベルリンにいた黛敏郎氏がかけつけた。黛はオペラ『金閣寺』の打ち合わせでドイツに滞在していた。

凱旋門近くのシネクラブを会場にして、まずは映画「憂国」の上映から始まった。スポンサーは詩人のエマニュエル・ローテン氏。口コミを通して五十人ほどが静かに集まった。

上映後、全員が切腹に衝撃を受け、サロンではパリの知識人たちが竹本忠雄、黛敏郎両氏を囲んで質問攻めとなった。真剣そのものの議論となり、二次会は場所を移して夜遅くまで続いた。

議論の軸足は政治ではなく西洋人キリスト社会のモラルである「殉教」が、彼らの最大の関心事だったことである。

竹本は十一年後に記録をまとめた『パリ憂国忌』（日本教文社）を上梓した。各紙に書評が出るなど反響が大きかった。その中で、竹本が書いた重要な箇所は次である。


自衛隊への斬り込みにあたって、われわれの悲劇的ヒーローが銃器を選ばず日本刀を選んだことは、じつに深き慮りある行為と言うべきだった。他者の殺害ではなく自害によって決着するその行為が、いかに深く西洋のもっとも高貴なる魂を振起し、その魂の屈折をとおしていかに深く日本の名誉を購わんとしたものであるか、その夜、このうえなくはっきりと、私はその明証を見たのだった。そして、いま、思う……。

三島由紀夫の不世出の知性は、これを洞見していなかったはずはない、と。

しかも、氏の自刃が西欧人の心に掘り起こした感情は、ひとりキリスト教にとどまるものではなかった。キリスト教と対立する古代精神の領域にまで拡がるものであることを、やがて私は知らされようとしていたのである。（四四頁）

黛敏郎は月刊『浪曼』に、パリ憂国忌のことを詳細に綴った（『浪曼』創刊号所載「美神への賛歌――パリの三島忌」）。

この二つの記録からダイジェストすると、篠突く雨の中、フランスの詩人、作家、画家、作曲家、映画人のほかに外交官、ジャーナリストも混じった。多様な参加者の中に『挑戦』の著者ガブリエル・マズネフがいた。ミッシェル・ランドムは『神道』、『武道』の映画監督で三島の友人でもあった

会場は異様な緊張感に包まれ、映画が終わってもしばらく誰も声を出さなかったが、ローテンが短い演説をした。

「いま皆さんがスクリーンで見られた三島氏は、その映画さながらの古式に則った武士道の作法通りに切腹して果てた。このような天才的な芸術家が、なぜこのような行為に出たのだろうか？」

集まった人々はフランスを代表する知識人たちであり、日本文化に理解の深い人が多かった。したがって「憂国」、「精神」、「愛国」、「武士道」、「殉教」などの言葉が飛び交い、打てば響くような素早い理解と、深い共鳴があった。

黛は三島の狙いが精神的クーデターであることを説明した。

そしてガブリエル・マズネフが言う。

「古代ローマにも切腹があった」

しかしローマ人の切腹は儀式に則った日本人とは同じものではないという議論となった（ブルータスも剣で胸を突いた）。

パリ憂国忌では「政治的意味」などは問題にならなかった。「人間の死と愛を結ぶ本質的問題」が議論の中心だった。

二次会はローテン邸に移動し、いつ果てるとも知れない議論は「人生と死と愛と詩」をめぐる文化論争になったという。

ローマ憂国忌

宮崎 正弘

イタリアの三島ブーム

日本でイタリアが一種のブームとなって久しい。イタリア料理とファッションとアクセサリィばかりではない。若い女性のイタリア旅行は凄まじいブームだが、ミラノ、フィレンツェあたりでの買い物が主体。せいぜいナポリ、ヴェニスとシチリアまで。ワインを飲み、スパゲッティを食べて、カンツオーネを聴いて。それ以上の奥深いイタリア文化に接しようとする人は稀だ。最近はイタリア料理を修得しようとする留学が語学研修より多いらしい。若い日本人女性の蓮っ葉なブームの底がしれる。

ところが世の中にはあべこべの事がよく起こるのだ。

イタリアでは日本文学が以前から注目されていたが、最近とみに三島由紀夫に集中的関心が高まっているのである。

あとはせいぜい吉本ばなな、山田詠美、村上春樹などが翻訳されてはいるものの後者三人の「コスモポリタン現象」は世界的傾向だからイタリアのみに特徴的というわけではない。純文学で三島の次にイタリアで読まれているのは谷崎潤一郎である。中国では村上春樹、渡辺淳一、吉本バナナの順。韓国はこの列に江国香織が加わる。

『三島由紀夫の最期』（文藝春秋）の著者でもある松本徹は実際にイタリアで三島の最後の四部作『豊饒の海』がローマ中の書店にも堆《うずたか》く積まれているのを目撃した（正確を期すと『春の雪』初訳が一九八二年、『天人五衰』が八五年で、最近改訳が出揃った）。

友人の大学教授Yも文部省（当時）の交換プログラムでイタリアに一年間滞在した。

「なんたって三島由紀夫に関する質問以外、イタリア人からなかった」と仏頂面の感想を漏らした。ちなみにYは芥川竜之介専攻である。ヴェネチア大学図書館では三島の全集が揃っているという。

ついでに筆者自身の経験。偶然ローマで入った中規模の書店で「三島本ありますか？」と聞くとたちまちにして十一冊、全部お土産に買ってきた。

そのイタリアの首都ローマで「憂国忌」が開催され、私が記念講演に呼ばれた。

イタリア人が三島文学に強く惹かれるのは、フランス人がそうであるように三島の西洋的心理手法と語彙力の豊かさと考えられてきた。

「昔の日独伊三国同盟の中で、いちばん駄目といわれたイタリア経済が昨今は日本の天文学的財政赤字を尻目に見事に立て直しに成功。この自信が背景にあるのでは?」と欧州に詳しい経済評論家は最近の特徴を指摘する。筆者がローマ憂国忌に出講すると伝えた時の反応だ。

ならばドイツを比較するとどうなるのか。

かたやヒトラー、こなたムッソリーニへの無理解ぶりは独伊両国に共通している。日本でも東条英機への無理解、誤解のさまを考えれば同様ではあるが、大多数の国民の反応は単純に「独裁者」、「戦争犯罪人」という幼稚な同一視反応を示す。

ドイツは「ヒトラーが悪かったが、ドイツ国民に罪はない」とするヤスパース以来の奇妙なロジックで戦後を過ごしてきた。この詭弁の祟《たた》りで民族的アイデンティティがなおざりになり、ユダヤ・グループからの訴訟にも歴史論争には蓋をして賠償でのみ応じてきた。

歪曲され改竄された歴史解釈を押しつけられても、ドイツはじっと耐えてきたため、自らの立場も国際的には「アンチ・ゲルマン」の姿勢を容認せざるを得ず、奇妙な形での「ドイツ統一」と国際主義優先の思想に傾く。

ヒトラーの『わが闘争』は、言論の自由のドイツでいまでも発禁、図書館で学術参考文献として閲覧する場合でも個室に鍵をかけて読む。三島由紀夫はドイツ教養人の間に、確かに広く読まれているものの『金閣寺』が最高傑作との評価になる。黛敏郎作曲の『金閣寺』と『サド侯爵夫人』が何度となくオペラでも演じられたドイツで三島戯曲の傑作『わが友ヒットラー』は依然として未訳である。

対照的にイタリアはパルチザンとの内戦を経て国民的アイデンティティを消滅させ、思想的分裂が長かったのに民族主義は過激で旺盛と言える。

歴史をひもとけば、もともと独立した都市国家の競合的体質がイタリアの特質だった。それを統一したムッソリーニは二十年の長きにわたって政権を維持し、ヒトラーが尊敬したほどの教養人でもあった。彼は自殺ではなく共産主義過激派のパルチザン一派によって敗戦の混乱に紛れて殺害され、愛人とともに遺体をさらされた。そうした悲劇性からか、イタリアの保守層の間ではムッソリーニへの尊敬の念は高い。

イタリアの戦後政治は中央集権的システムが希釈され、北部都市と南部の対立、ここへシチリアなど島嶼部の対立が加わり混沌としてきた。政治家は日本と同様に全く尊敬されておらず、国民はてんでバラバラ、協調性を欠いてきた。

「精神的頽廃と混迷」がつづき、精神と文化のよりどころを求める国民運動は、なかなか大きなうねりにはならなかった。

しかしそうした表面的な動きだけからイタリア及びイタリア人を分析するのはたいそう危険であ

る。

敗戦から半世紀、イタリア人の心情をくすぐるのは世界に冠たるルネッサンス期の芸術とローマ帝国の偉業である。まさに三島が『アポロの杯』で指摘したようにキリスト伝来以前の価値観の復活を目指すのがイタリア保守思想だ。敗戦後、日本と同じく「平和憲法」を頂き、戦前のイタリアは「間違った選択をしたのである」と教え込まれ、ムッソリーニへの批判、無理解ぶりを示してきた。

ＧＨＱの歴史観を押しつけられた日本の「主権喪失」状況に酷似した戦後を送ったイタリアで、日本より一足先に歴史観の正常化が始まった。ローマのいにしえの伝統に回帰する、その典型的な例を日本に探したところ三島由紀夫が突如、登場する。これは世界中を探しても珍しい疑似英雄現象である。

フランスの三島理解

フランスの三島理解も深いが、イタリアとは趣がまったく異なる。

確かにパリでの三島理解は早かった。フランスは三島由紀夫の諌死をいち早く精神主義的にとらえ、事件直後にパリを訪問した黛敏郎を囲んで竹本忠雄らが呼びかけ、フランスの知識人が大勢集まった「パリ憂国忌」が開催された。

アンドレ・マルロウは三島の自決を聞いて執筆中だった回想録を中断、日本にやってきて伊勢神宮・五十鈴川で禊ぎを受け「このバイブレイションはなんだっー」と叫んだ。

だがフランス知識人の大方は芸術家としての三島解釈であった。

たとえばユルスナールは英語とフランス語訳だけを読んで『三島由紀夫あるいは空虚のヴィジョン』（渋澤龍彦訳、河出文庫）を仕上げた。村松剛によればユルスナールは、三島がアンティノウスの像に魅了されていた事実も知らなかったという（筆者がローマで出会った文芸評論家で三島論の著作もある文芸誌編集長は「ユルスナールの三島論は愛の熱狂だけで、民族の栄光とか伝統への矜持とかを全く理解してませんね」と苦笑いしていた）。

「フィガロ」の副編集長、アラン・バルリュエの三島ルポルタージュは二〇〇六年七月一九日付に大きく掲載された。

これは《二〇世紀の神話的人物の足跡をもとめて》なるシリーズの一環で、ほかにシュヴァイツァー博士、マレーネ・ディートリッヒといった顔ぶれだった。

フィガロ紙面は市ヶ谷台上での「蹶起」の写真を大きく掲げ、「『名誉なき』憲法に体当たりせよと抗議したミシマの自決直前の姿」という説明書き、標題は「ミシマ　サムライの復活」である。以下、パリ在住（当時）の評論家竹本忠雄の抄訳に従う。

最初に、市ヶ谷駐屯地にある市ヶ谷記念館を訪ねて「夢かうつつか分かちがたき」とモーリス・パンゲが『日本人の自死』に記した壮絶な事件を偲び、これに全体の四分の一もの分量を割いている。フランスでもくどく紹介しなければ何も分からない世代が社会の中心を占める時代となったようだ。

「真正の日本の孤児としての殉国の行為か、ナルシシズムか、創造の枯渇か？」と副題のもとに、「西欧では切腹が日本文化への異国趣味と完全一致するところから、ミシマの自死は殉教の高みにまで押し上げられているが、日本でのミシマは左翼から追放されたのみならず、頼みとした保守派の政府からも敬遠されてきた」と書き出す。

せっかくこの国が軍国主義者らの錯誤から解き放たれ、完全平和主義となったのに、掻き乱されてなるものかというわけである。

フィガロ副編集長は新進作家ミシマの最初のアメリカ旅行（一九五二年）をガイドした映画批評家のドナルド・リチーを訪ねる。リチーは語る。

「ミシマは時を追って名誉を取りもどしてきた。湾岸戦争でまず日本の沈黙に風穴があき、イラク戦争、中国、朝鮮との関係でミシマ復権に追い風となった。国の『右傾化』に伴って、改憲と国軍創設が叫ばれるに至ったのだから。一方、時代風潮の変化でミシマの同性愛も大目に見られるようになった。残る最後のタブーは、皇室問題だけです」

さらにフィガロ副編集長は外国人記者クラブでヘンリー・スコット・ストークスと会う。一九六六年にミシマと会ってその伝記を書いた立場でストークスも、ミシマの復活ぶりを語っている。

「ミシマについて沢山の手紙を貰うが、前にはこんなことはなかった。日本人は、今や日本人としての責任を果たすべき時が来たと、この大作家が一命を擲《なげう》って示したことがようやく分かってきたのだ」

次に憂国忌の主催者の一人、宮崎正弘はこう見る。「ミシマの蹶起の意義はスピリチュアルなものだった。彼の明察どおり、この国はとんでもない唯物主義的な国となってしまった」

竹本忠雄によれば「ミシマの行為全体は放射能として生きつづけている」

ついでフィガロ副編集長は楯の会初代学生長だった持丸博を筑波に訪ねた。持丸はミシマを囲んで会員がしたためた血盟の控えを見せ、同会創設の由来を語り、こう述べる。

「〝奴隷の平和〟に甘んずる日本を告発し、現人神としての天皇の役割復活を望むミシマ思想は依然、危険視されている。が、いつの日かその実現がなければ、日本が失われるだろう」

フィガロ副編集長は首をかしげる。ナショナリズム復興の風潮にもかかわらずミシマの呼び声は少数サークル以外、日本では聞こえてこない、と。

ミシマは、あまりにもその人間が型破り、逆説的存在だったのか。

この点から批判する作家にして東京都知事（当時）、石原慎太郎を訪ねて次の力説を聴く。

「ミシマにとって政治とは自分の美学の実験台にほかならなかった。彼は自分の活力筆力ともに衰えを感じたものだからあんな馬鹿な自殺をするより仕方がなかった」

誰がミシマを恐れているのか？　実を言うとほとんど恐れている人などない。こんにち、大衆がミシマを再発見しつつあるといってもその甘い幻想世界に酔いしれているだけなのだ。若い作家でミシマを継ぐといわれる人々でも、思想となると「われ関せず」である。芥川賞作家、平野啓一郎がその例で「僕も同族ですよ」というのだ。この新旗手にとっては、ミシマはもはや天使でも悪魔でもない。ただ単にクラシックなのである。（以上、フィガロ紙記事の抄訳）

このフィガロ紙を読みながら、筆者は『自由』（平成一八年七月号）に掲載された石原萠記の「首相の靖国参拝、戦犯合祀と戦争責任」の記述を思い出した。

三島由紀夫とは麻生良方を通じての知人だが、（事件後）鶴田浩二が「三島とは戦争末期の傷の受け方に、おおきな違いがあり、かれの行動の真意はわからない」と語っていた。戦場にあった鶴田は、日頃、今日の日本人はこの美しい日本を壊しつつあると憂い、この国を守るためにいのちを落として闘った男達のことを忘れてほしくないと、泪をためて愛国の情を切々と語っていた。三島は、この鶴田と対談したとき、「わたしにとって、鶴田ほど感情移入の容易な俳優は居ない」と共感を示した。（中略）「一九六九年六月二三日、立教大学で進歩派の学生や教授達が、村松剛教授を一方的に解職要求するという事件が起きたとき」、三島は村松氏を励ます会に駆けつけて、「これだけの人達が、ゲバ棒をもって街頭に出れば、どんなに力強いか」と行動することを呼びかけた。市ヶ谷台上のバルコニーで、自衛隊員にクーデター決起を訴えた前兆と言える。三島がこうした狂気と思われるような行動をとったのは、戦後の日本人がエコノミック・アニマル化し、生命をかけて何を守るべきかの軸を失った精神状況を憂えた結果といえる。物質至上の風潮を憂いた、三島の心情には賛成できるが、肉体の生命のみを向上すべきだというのは、竹槍で戦車にむかう戦時を思い賛成しがたい。（中略）第二次大戦の多くの犠牲のうえに成り立っている現在の民主主義を否定するクーデターは容認できるものではない。三島はすばらしい文学的才能を持っていたが、小説を描く頭で、まわりの現実をみる心理は幼児に似て〝天才坊や〟とでも評する以外ない。

なるほど、日本の保守派と思われる人々の間でさえも三島は正当に評価されておらず、依然としてピエロかマヌカンの類いだ。

竹本の紹介文にあったように、フィガロ紙の副編集長は筆者のところにもインタビューにやってきた。手帳をたぐると平成一八（二〇〇六）年六月一四日のことである。

二時間ほどのインタビューで盛んにメモを取っていた。外国紙はどれだけの時間を割こうとも一行か二行のコメントが出るだけなので普段はお断りしていたが、事は三島に関してであり、紹介する人もいたので私は宿舎のプリンスホテルまで出かけたのだ。

幸いこの副編集長は英語が流暢だったので、当方のメッセージを九割方は伝えられたと思っている。またフィガロ副編集長は、石原慎太郎に翌日会うというので、私は「石原さんはおそらくこんな話をするでしょう」と発言の予測をしたところ、三日後に成田空港から「これから帰国するが、石原都知事は宮崎さんが予測した内容とほぼそっくりの発言でした。メルシー」と電話をかけてきたのだった。

イタリアの天才作家ダヌンツィオと三島由紀夫

イタリアの反応は先に述べた欧米の傾向とすっかり趣を異にする。

ロマノ・ヴルピッタ京都産業大学教授（元イタリア大使館書記官）を介して、「三島の行動、文学、決起を通して、その業績を評価するシンポジウムをローマで開催する」との案内を突然受け取った。筆者にローマに来て記念講演をしろ、というのである。

日本で精神の回復を叫び、非業の最期を遂げた三島が日本文化の独自性と、その伝統の豊かさを賛美した行為は、イタリア人にとって共通の歴史観があるとヴルピッタ教授は説明した。

思い出したのは事件直後のイタリアの新聞「イル・テンポ」紙のことだった。一九七〇年一二月一日付けの同紙は、三島の死を日本人よりも正確に、そして歴史的スパンを持って次のように記した。

あまたの自殺のイメージを通して古代ローマが我々の心に尚生き続けているという真実を思わずにいられない。（中略）生を愛するが故に、古代ローマ人は自ら生命を断った。

元老カトウ（ローマの有力政治家）は切腹している。会津白虎隊の自刃を顕彰し、巨大な碑を戦前のムッソリーニが会津若松の飯盛山の墓所に贈った。その大理石の塔は飯盛山に立っているが、国宝級のものである。また文学者の蜂起という意味ではダヌンツィオが天才作家としての名声を捨てて行動に出た。ダヌンツィオは、三島が尊敬してやまなかったイタリアの作家である。

講演を頼まれて当惑することがいくつか出てきた。

第一に、日本国内ですでに常識化し議論の前提となっている三島に関する基礎知識にしても、イタリアではイロハから噛んで含めるように説明しないと分からないことが多いのではないか、という危惧だった。

第二に、当然イタリア語の通訳を通すわけだから原稿を先に送って、十分に通訳の準備に入ってもらった方がいい。なにしろイタリア語は語彙が豊かなうえ、女性名詞、男性動詞、その変化形の複雑さは英語がやさしく思えるくらい難解。適切な訳語を前もって選んでもらっていた方が双方安心できるだろう（この予測は正解で、結果的によき通訳に巡り会えたうえに彼女は拙稿を事前にイタリア語に翻訳していた）。

第三に、三島とイタリア文学との比較などを質問される可能性もあり、当方もイタリアに関しての勉強を多少はしておくべきであろう。なにしろ私はイタリアには過去に二回しか行ったことがなかったのである。

そこでイタリアでどこまで三島が理解されているのか調べてみて驚いた。翻訳された作品を系列化してみてイタリア的特徴だと認識できたのは、①主要作品のすべては当然にしても『仮面の告白』にしろ『金閣寺』、『潮騒』にせよ、翻訳された時期が非常に早い。多くは英訳より早いのだ。②ところが『永すぎた春』、『複雑な彼』など三島がアルバイトで書いた通俗小説は見向きもされていない。③『鍵のかかる部屋』は世界でただ一つイタリアだけ（これは三島が大蔵省時代に日本の「主権喪失」状況下の頽廃、デカダンスを書いた傑作でイタリア人の意識では共感を呼ぶからだろう）。④最後の行動へ至る思想的軌跡となった『太陽と鐵』、『葉隠入門』。そして「楯の会のことなど（エッセイ）」がちゃんと翻訳されている。⑤『花ざかりの森』、『真夏の死』、『三熊野詣』といった異色で、しかし精神遍歴をたどるに重要な転換期の作品も訳されている。⑥ギリシャ紀行『アポロの杯』も例外的に翻訳されている（ほかには中国語訳のみでギリシャでも翻訳されていない）。これほどの作品群がイタリアで翻訳が出揃った日本人作家は言うまでもなく三島由紀夫だけである（皮肉にも三島自身はむしろドイツ文学の影響が強く、第二外国語はドイツ語だった）。

三島の思想的精神的変化のメルクマールとなった『葉隠入門』は一九九五年に、『鍵のかかる部屋』は一九九三年、そして先祖帰りのように『花盛りの森』は一九九一年にイタリア語に翻訳されている。

あるドイツ文学専攻の学者に聞くと「ムッソリーニの先輩格でダヌンツィオのフィウメ蜂起を三島が高く評価したことがあり、その文脈からも惹かれるのでは?」と言う。過激マルクス主義者だったダヌンツィオの蜂起と失敗はやがてムッソリーニの左翼への幻滅を導くことになった。

ガブリエレ・ダヌンツィオは天才作家として知られ『死の勝利』、『聖セバスチャンの殉教』などを著した。とくに後者は三島が翻訳した。原書を池田弘太郎が逐語訳し、そのうえに三島が手を加えた。

『仮面の告白』によれば「聖セバスチャンの殉教」を見て勃起し、少年の頃から異常な興味をもっていたとある。三島はのちに少年時代に見た絵のように手を上に縛られ恍惚とした、その同じポーズをして篠山紀信に写真を撮らせるほどの傾倒ぶりを示し、渋澤龍彦は、これを「セバスチャン・コンプレックス」と名付けた。

ダヌンツィオの『死の勝利』は、三島が敗戦の日を挟んで書いた心中物語『岬にての物語』に巨大な影響を与えており、筋の設定から細かな描写まで酷似している。『三島由紀夫書誌』には『死の勝利』（生田長江訳）を三島が所有していた事実が分かっている。

ダヌンツィオは作家としてばかりかイタリアにおけるファシズムの先駆者として再評価されており、竹山道雄などは「楯の会の制服がファシスト風であり、市ヶ谷台の演説のスタイルはダヌンツィオの模倣だ」（『新潮』昭和四六年二月号）と言った。

となるとイタリアでの三島への高い評価のもう一つの動機にダヌンツィオへの近親感からくる三島の最期の行動との重複、そのイメージにおける限りない親しみがあるのではないのか？

ローマ憂国忌「言葉の責任を取れ」

「ローマ憂国忌」こと「イタリアにおける三島文学研究シンポジウム」は大盛況を呈した。三島の最期の行動がイタリアの知識人にいまも巨大な影響を与えている明瞭なる事実を手にとるように了解できた。

三島が日本刀をぎらりと光らせて、「必勝」の鉢巻きを巻いて凄まじい形相をした写真入りポスターがローマ市内のあちこちに貼られ、標語は「言葉の責任を取れ」と書かれていた（日本には言挙げしたら責任を取るのが武士道の精神だが、いまの日本にこんなことをいっても通じないのに！）。

あるイタリア語の新聞には三島由紀夫の辞世まで克明に説明されていた。昼飯に入ったレストランの親父は三島の著作を持ち出し、「武士道」と揮毫せよ、と私に言う。誰からもらったのか、日本刀がひと振り店内に飾られている。

会場をぎっしりと埋めた聴衆は一般市民、学生（それも若い女性が多いのが日本の憂国忌と全く同じ）、三島ファン、文学研究者など雑多にして多彩、ある初老の紳士が近寄ってきたので、立ち話をすると「私は八年間、早稲田大学でイタリア語を教えていましたが、滞在中のあの事件に震えが止まらず、それから剣を習いました」（ルイジ・チッチェルキア元教授）。

やはり文化団体を主宰する責任者が、「イタリアも歴史教科書、教育でエゴイズムばかりを教え、大義とか愛国とかは理解しにくい」（ジョルジョ・アントニオ）

「私の会社ではトヨタの看板方式を倉庫管理に採用している。そのことを三島との関連で知りたい」（企業経営者）などと参加の動機も千差万別の様相。

実行委員会の若い男子学生たちにスキンヘッドが多いので訳を聞くと「喧嘩しやすい」という答えより「三島のヘアスタイルをまねた」とこれまた単純にして明解だった。

それにしてもテーマは「三島由紀夫―その剣、筆、そして血」である。古代ローマ人の血が騒ぐのか、行動哲学が最も関心を呼んでいるようだ。

主催者のバルダッチ会長によれば「命よりも価値のあるものがあるという主張は（キリスト教は自殺を禁じているが）民主主義と物質主義の繁栄だけでよいのかと疑念に思う多くのイタリア知識人の心をとらえた証拠ですよ」

「三島文学研究シンポジウム」の初日は二〇〇〇年四月七日、午後四時からローマ市の中心にあるリベッタ・レジダンスで開幕した。会場に入ると三島由紀夫の写真入り垂れ幕、ぎっしりと席を埋めた聴衆で熱気に溢れていた。

会場ロビィではあらゆる三島作品を販売している。この風景は東京の「憂国忌」と酷似（もちろんイタリア語版）。参加者が多く読んだ三島作品といえば、『若きサムライのために』、『葉隠入門』、『太陽と鐵』、『文化防衛論』の順だった。

スピーカーの一番バッターは「三島の文学と行動」と題してアドルフ・モルガンテ師範。「彼は通俗的天才を超える世界への普遍性を持つ」、「議論だけの知識人を三島は批判し、植民地文化を拒否した行動に意義がある」（イタリアも米国文化の悪影響が甚だしく映画の九割はハリウッドの暴力ものであるところは日本とそっくり）と発言した。

つづいて若き才媛、ロレッタ・ロゼリア・バレリが「一九三〇年代の日本と三島」と題して、「憂国」を執筆するに至った思想形成のバックグラウンドを説明した。

西郷隆盛は分かるにしても橋本欣五郎、頭山満、内田良平など戦前右翼の巨魁たちの思想と行動が詳しく解説され、「これが三島由紀夫の『憂国』と『英霊の声』の時代背景です」と参加者に説明していたのには驚かされた。

「一九三〇年代の日本も理想が破れ、腐敗が進み、農村の貧困のために若い軍人が立ち上がった。

三島はそのことを深く解析し、現代への挑戦をなした」というのである。

ロレッタ女史は日本語を漢字でも書けるが北京語も習っているという。ただし多くの主催者の若者たちと同じく日本に来たことがない（きっと日本に来たら、この人たちはあまりに現代日本人が三島的生き方とは対極的なので失望するかもしれない）。翌日、ロレッタ女史にローマの隅々を案内してもらった。

つづいて芭蕉、一茶、蕪村、虚子、子規などの俳句が朗読され、マリオ・ポリア教授によって「幽玄とは何か」の解説が行われた。最後に草月流による生け花の実演、三島をイメージした作品が即席でアレンジされたが、その一つは日が昇り、また沈む日本の様を独創的な配列とした作品が人目を引いた。

イタリアの文化防衛論とは

シンポジウム二日目は冒頭に三島研究家でもあり、日本に留学中は多磨霊園への墓参やら一五周年の憂国忌に実際に出席したこともあるネロ・ガッタ教授が「文化防衛論について」と題して講演した。

彼らの文化防衛とは「キリスト伝来以前の古代ローマに帰ることとです」と明快な論理である。

ネロ教授は三島文学の意義を、①古典として、②陽明学もしくは昭和ロマン主義文学、③国学の伝統の三点が重要であり、軍事・政治的解釈優先のイタリアにおける三島由紀夫ブームに警告を投げかけた。

つづいてイタリアの代表選手らによる空手演武が「奉納試合」形式で行われ、三島が愛した日本武道の精神について解説がなされた。

私の記念講演は「三島と日本回帰」という演題にした。内容は拙著『三島由紀夫はなぜ日本回帰したのか』を骨子にして、通訳を入れてたっぷり七〇分、終わると質問責めにあった。

曰く。「憲法改正がなされてないのにどうして三島の楯の会は可能だったのか？」という頓珍漢な質問やら、なかには「〝武士道とは死ぬことと見つけたり〟を日本語で書いてくれ、入れ墨にするから」という物騒な注文もあった。

その後「イタリアにおける三島理解と人気」と題してサンドロ・ジオバーニ、そして「軍神としての三島」を講演したのは主催者の一人でもあるパウロ・ジァッキーニだった。

「我々の伝統回帰は古代ローマの精神への回帰だ」として政治哲学としての三島論を述べるジャッキーニは「国のため現世に生きるより武士の魂を蘇らせる行為に三島は価値を求めたに相違ない」のであり「サムライの精神はキリスト以前の古代ローマのサムライ精神と酷似するものがあるに違いない」とし、まさに三島は「名誉の人生を完結した」。だからイタリア人も「同じ行動が必要とされるのではないか」と締めくくった。

シンクタンクを主宰するジャッキーニの事務所で雑談した時に彼の自慢の日本刀を見せてもらっ

た。武士道と哲学の模索者である。彼の書棚は西田幾多郎、鈴木大拙、道元などの禅とニーチェ、ハイデガーが三島の著作とともに並んでいた。

最後に「現代人への挑戦」と題してスピーチをしたのはマリオ・メルリーオ教授で作家兼詩人、前日の才媛ロレッタの主任教授でもある。専攻はニーチェという。

「三島の生涯を概観してみると純粋な人だったように思える。言葉では言っても夥しい現実の世の中を前にして、本当に葉隠精神で現代に挑戦できたのだから、このポイントこそ重要」と長髪を振り乱しての熱弁だった。

閉会のセレモニーは裏千家グループによる立礼式茶会で、二日間にわたる「三島文学研究シンポジウム」は幕を閉じた（生け花、茶会、空手のいずれも日本人は一人もいない。すべてイタリア人が行った）。

「ローマ憂国忌」はひと言結論風に言えば、まさに本質の文化議論、人生論を含めた哲学の議論がなされた。それも現代イタリアが直面する様々な諸問題を抱えている。

まさしく主権喪失状況、出生率低下、モラルの低下、価値紊乱、外国人労働者や不法移民などの諸問題から民族のアイデンティティを求める議論が急激に高まった背景があり、それゆえに疑似的カリスマとして三島由紀夫を選んだ側面も強いのではないかと思った。

ひたすら能、歌舞伎だけの三島理解の米国の関心ぶりとは極端に異質なイタリアにおける三島ブーム。しかも同趣旨の集まりは、小規模なものは一九九九年にも行われ、トレント、トリエステなどでも五〇〜七〇人規模の集まりがあるという報告もあった。

イタリアは日本と同じように「戦争放棄」を謳う憲法を持っている。このため「普通の国家」としての行動をとれない点で実は日本とそっくりなのだ。

政治が力を失い、形骸化し、法律家のような議論が好きだが、人を震えさせるほどの政治の言葉がないという実態も多くの知識人の苛立ちに繋がっている。

たとえばブッシュ政権が就任早々にイギリスと一緒になってイラクをいきなり空爆した時、「早急に空爆を停止し、政治的な解決を望む」とイタリア外務省が表明した。

ダレーマ首相（当時）は、「空爆がイラク危機の解決に繋がる可能性は低い」と軍事行動に批判的だった。むろんこれらは表向きの建前を述べているにすぎないのだが、一応は憲法の戦争放棄の原則に忠実たらんとするイタリア政府の面妖な姿勢が分かる。その法律論議に振り回される面妖さは日本の政治と重なる。

イタリア憲法第十一条は「自由に対する攻撃の手段としての戦争及び国際紛争を解決する手段としての戦争を放棄する。国家間の平和と正義を保障する体制に必要ならば、他の国々と同等の条件の下で、主権の制限に同意する。この目的を持つ国際組織を促進し支援する」とある。

ただしＰＫＯ，ＰＫＦ論議がイタリアでは起きないのも徴兵制度があるからだ。憲法第五十二条に「祖国の防衛は市民の神聖な義務」と規定されており、さすがローマ帝国の末裔、日本より明確かつ現実的だ。

彼らが三島由紀夫のサムライ的側面にあれほど強く惹かれる背景はこの体制的な基盤も影響しているであろう。

「ローマ憂国忌」の提議した問題は、むしろ日本人自身が深く受け止めるべき事柄ではないのだろうか。

編集部注：宮崎正弘氏は評論家。本稿はローマ憂国忌の詳細を書いた『三島由紀夫の現場』（並木書房）所載の論文に大幅に加筆した。

第六章　三島由紀夫に捧げる名言録

「死後も成長し続ける作家」（秋山駿）

「白き菊　捧げまつらむ　憂国忌」（山岡荘八）

「世界は三島氏の不在で満たされている」「精神的クーデターだった」（黛敏郎）

「世を醒ます　タケミカツチの神かとも　鳴り響きし　神魂なりけり」（夜久正雄）

「本当に生きるために切腹する。これが武士道の『切腹思想』です。三島さんは自分の本当のいのちを歴史に打ち込むための行為だった。死は物理的なことでしかなく真の自分のいのちを活かすために死んだ。永遠の命とはニーチェの永劫回帰につながる」（執行草舟チャンネル「超読書術・ニーチェ編」より）

「かつて三島さんが言われた『まわりで知識人が嘘ばかり言っている』という言葉をいまも噛みしめています」（衛藤瀋吉）

「民族を護るべく一点の私心なき〝不自惜身命（不惜身命の実践）〟のその行為を、今以てどれだけの人達が真摯に受け止めているであろうか。自我と欲望に満ち満ちた日本の現状を想うとき、残念ながらなきに等しいと言わねばなるまい」（高田好胤師、追悼十年祭へのメッセージ）

『天の時雨』

「（昭和四十五年十一月）二十五日の夜は、京都は時雨定めなく降り、夜半を過ぎてから明方には本降りに降り増した。私はその時雨を国中の人々が彼の死に泣いた泪の量にくらべていた。そして人々のつひに寝しづまったあとのは激しい降りは、わが御祖の神たちの泪だったであろう」（保田與重郎、日本学生新聞編『回想の三島由紀夫』行政通信社の一節）

『影が薄れてゆく日本』

「あの事はこの世になかったやうな顔をして、人々はつぎつぎと新しい事件を追い求めてやまない。その間にも、三島君が深慮した『癌症状』は着々と進行し、『失ったら二度と取り返しのつかぬ日本』の影が次第に薄くなってゆくことを顧みようともしない。三島君の遣り場のない怒りの意味が、重くのしかかってくるように観ずる日々である」（清水文雄、第三回追悼会「憂国忌」へのメッセージ）

『三島なき後の退屈な世界』

「彼を最後の行為に追いやった動機をすべて理解している、などというつもりはありません。が、確かなのは、具体的な政治的計画は必然的な強い心理圧迫感ほど重要ではなかった、ということです。(中略)三島は自分を『悲劇の英雄』という日本の古い伝統に属するものと考えていたのです。これは確かですが、彼が日本の歴史の中で最も賞賛した人物は、勝ち目のない戦を挑み、勇気と決断力を持っていたにも拘わらず、結局は敗北してしまった、楠正成、大塩平八郎、神風連の勇士のような人々です。三島も将来、日本の悲劇の英雄となるかどうか、それを判断するのは、まだあまりにも早すぎます。しかし、政治的な成功よりは、むしろそのことを三島は心から望んでいたであろうと思います」**(アイバン・モリス、第二回追悼会「憂国忌」へのメッセージ)**

『三島さんの課した十字架』

「三島さんの死は現代日本のアンチテーゼである。現代日本は、昭和四十五年十一月二十五日よりも、ますます悪い方向に進んでいる。少しでも、国のことを想う人間ならば、無気力になるか、怒髪天を衝くかどちらかであろう。(中略)私たちは、三島さんの死を自らの怠惰臆病な心の鏡として生きていかなればならぬ。それは苦しいことだが、三島さんが私たちに課した十字架である」**(藤島泰輔)**

補遺　遺族のメッセージ、祭文など

「憂国忌五十年に寄せて」

森田治（森田必勝実兄）

あの日から瞬く間に半世紀の歳月が流れ、わが国の世相も社会もすっかり変貌したかに見えるこの頃ですが、事件は風化しているのではなく、深化しているのではないでしょうか。

一日たりとも忘れ去ることが出来ない五十年でした。三島先生と亡弟の諫死に思いを馳せ冥福を祈る日々でした。

憂国忌を発起された多くの先生方や関係者が物故されましたが、依然として集まりは絶えず、しかも年々歳々、若い参加者が増えていると聞き及んで、一種安堵感があります。過去に憂国忌に出席し、嗚呼こうして舎弟も祀られているのかと、ただ感謝申し上げておりました。

この集いを裏方で支えた皆さん、賛助を寄せられて物心両面で支えて下さった皆さんに、こころから感謝申し上げます。

舎弟・必勝が三島由紀夫先生とともに諫死を遂げるにいたった理由を、ずっと考えて来ました。残った資料や、文献を渉猟しました。たくさんの人々が墓参に来られ、話し合いもしてきました。いまだに確定的な解は出ませんが、半世紀を閲しても、こうして多くの人が命日に馳せ参じて、あの事件の意味を問う集いを開催し続けている理由も、そこにあるのかと思われます。

五十年忌という大切な節目に、東京に駆けつけたい思いは募りますものの、わたしも九十歳を越えて無理ができなくなりました。

五十年祭の多面的な意義を噛みしめながら、遠く四日市から厳粛なるご盛会を祈っております。

令和二（二〇二〇）年十一月二十五日

天才数学者・岡潔氏の三島由紀夫論を再発見

岡潔研究会『蘆牙』

岡潔研究会（横山賢二代表）が復刻した『蘆牙』第三号は、原号が昭和四十六年四月に奈良で発行されたもの。

同誌は当時、奈良で発行され、同市に住まわれていた天才数学者・岡潔を囲むグループが出していた。岡潔は岩下志麻、笠智衆が主演の映画『秋刀魚の味』のモデルでもある。

このなかで岡潔が三島由紀夫に触れた箇所がある。

岡潔先生曰く。

「三島由紀夫は偉い人だと思います。日本の現状が非常に心配だとみたのも当たっているし、天皇制が大事だと思ったのも正しいいし、それに割腹自殺ということは勇気がなければ出来ないことだし、それをやってみせているし、本当に偉い人だと思います」

編集部「百年逆戻りした思想だと言う人もありますが、それは全然当たっていないと言われるのですか？」

岡潔の答え。

「間違ってるんですね。西洋かぶれして。戦後、とくに間違っている。個人主義、民主主義、それも間違った個人主義、民主主義なんかを、不滅の真理かのように思いこんでしまっている。ジャーナリストなんかにそんな人が多いですね。若い人には、割合、感銘を与えているようです。かなり影響はあったと思います」

戯曲「わが友ヒットラー」時代考証への協力

後藤修一（ドイツ研究家）

僕が中三の頃、新聞から作家の三島由紀夫氏が「わが友ヒットラー」という戯曲を書き、翌年紀伊国屋劇場での上演を目指していることを知りました。そこには主演の村上冬樹氏がヒトラーに扮した写真も掲載されていましたが、それは上野のN商店あたりで購入したお古の米軍の将校服に功二級鉄十字章というミゼラブルなものでした。

「研究家」としてこれは放置できないとの使命感に燃えた僕は上演劇団の浪漫劇場に電話をかけ、時代考証への協力を申し入れたのでした。ちなみに当時、僕は既に知人の元ドイツ軍人から自身の功一級鉄十字勲章を譲り受けていたので、それもお貸ししようと思ったのです。なんとその夜、三島由紀夫氏本人から「協力をお願いしたい」と電話があり、お手伝いすることになりました。

三島さんと最初に会ったのは当時お茶の水にあった浪漫劇場の事務所兼稽古場でした。第一印象は革ジャンパーの軽装だったので、大道具方のようでした。三島先生と呼びかけたら「先生と言われる程の馬鹿でなし。三島さんで良い！」と言われました。爾来ずっと僕は三島さんです。

当時の僕は、頭の引き出しの中にナチスドイツの歴史が詰まった歩くナチス事典のような子供だったので、いろいろお役に立ったようです。制服の考証から記録映画のヒトラーの仕草や、はては首相官邸の朝食のメニューはケテルの女将に尋ねると良いことまで、あらゆる分野のアドバイスをさせていただきました。また戯曲そのものの内容にもいくつか修正を進言し、採用されました。

「わが友ヒットラー」は新宿の紀伊国屋劇場で一九六九年一月一八日に初演されました。奇しくもその日、三派系全学連によって占拠されていた東大安田講堂が機動隊の実力行使によって「陥落」した日でした。そして、この芝居のラストはヒトラーの「さうです。政治は中道をゆかねばなりません」という皮肉な台詞で幕が下るのでした。

その日、現在エコール・ド・シモンの人形展覧会が行われる四階ギャラリーのあたりで立食パーティー形式の打ち上げが行われました。三島さんは黒い詰襟の高校生の僕を紀伊国屋書店社長、田辺茂一氏にこう紹介しました。「この方が私の今お世話になっている後藤さん」です。

三島さんは不思議な人で、本当に信頼できると分かるや、権威ある大学教授よりもナチオタの中学生の方を重用してくれたのです。僕は深く感動し、こういう大人になりたいと思いました。

第三回追悼会「憂国忌」に寄せて

林　房雄

あの日から二年。このわずかの時間に、わが国を見舞った激烈な試練は、多くの日本人を当惑させ、混乱させている。

三島由紀夫君と森田必勝青年の憂国の憤死は、若い世代の心に地下流のごとく浸み透り、今やますます深い意味を持ってきた。「三島君がまだ生きていてくれたら」という希みは虚しいが、彼の憂国の行動は、私共の予想を超えて、深く静かに影響の輪を拡げつつある。青年、学生層の運動にも影響は強く現われ、三島研究会は全国各地で地道な成果をあげている。今年も憂国忌のほかに日本ではもちろん、パリでブラジルでドイツで追悼会がもたれるという。

事件直後の罵倒や中傷は、もはや口にする人もいなくなった。現在の日本が立たされている苦境のなかで、いったい祖国はどこへ行こうとしているのか、心ある人々は真剣に考えている。乱極まって治到る。事件当時に、ただ驚き混乱した人々も、三島由紀夫の行動が持つ深い意図を、自分の問題として考え直すようになってきた。

三島君と森田青年は見事に留魂の行為を敢行した。彼らの魂はまさしく残って、日本を守っている。留魂は、三島君自身の言葉のとおり、百年を単位に考えられなければならぬ。私共は百年後の日本を思いつつ、毎年この日に、神となった両君の志をしのぶ。彼らの志こそ、日本歴史を護りとおした多くの英霊の志に直結していることを知り、自らの魂をきびしく鞭打つことによって日本の不滅を知る。

現象と風俗の泡沫の彼方に日本の正しき進路を求め、行動の指針を探ぐることが私共が年々〝憂国忌〟をくりかえすことの真目標である。（昭和四十七年、第三回追悼会パンフレット掲載）

追悼十年祭「憂国忌」祭文

祭主　保田與重郎

けふこの日　昭和五十五年十一月の廿五日国内の有志　都なるこの靖国の地のほとりの斎庭にゆまはり参来て　三島由紀夫命森田必勝命二柱の命の十年のみ祭り仕へ奉る

かの日より十年すぎぬ　この十年を長かりしと思ふ　はた短しと云ふ　おのがじしの思ひなむ　十年まへのこの日かも　天の下　国土は震ひ　大八洲島国のまめ人の心は怖れ畏みぬ　御剣は天ノ御柱也　遠津御祖の泪したたりぬ　あはれ命たち　現世を去り給へど　たけき荒御魂はなほも天翔りて国翔りて国憂ひいまさむ　おん振舞をしたひなつかしみ　言挙せざれど忘れじな　追ひまつりゆかむと念ふ者　国中いたるところに数を知らず　神ながら御代の恢弘に仕へ奉らむときほふ者の　雄心かなしみ給ひあはれとおぼして　そがをぢなき魂をば慎め太らせ給へどけふのみ祭りに仕へて　ここにあるもあらぬも　国のあまねき心に即りて　斎主保田與重郎い御前にひれ伏して乞祷み奉ると申す

昭和五十五（一九八〇）年十一月二十五日

追悼三十五年祭「憂国忌」祭文

祭主　小田村四郎

三島由紀夫命森田必勝命の御霊前に謹んで祭文を捧げます。

今を去る三十五年前、お二人が市ヶ谷台上で壮烈な自刃を遂げられたとき、私は名古屋に在勤中でした。

役所へ戻る午後一時、秘書から事件を聞きラヂオをつけましたが、何のことか全く理解できませんでした。部屋に戻って早速テレビを見ると、市ヶ谷本館のバルコニーで獅子吼《ししく》されるあなた方の勇姿を繰り返し映してゐましたが、既にあなた方は絶命されたあとでした。

夜の会合を終へ、新幹線に飛び乗り、胸騒ぐままに三島邸に駆けつけたのですが、瑤子夫人が気丈に柩を守ってをられました。

思へばその九月、伊澤甲子磨さんから「三島さんが是非合ひたいと言はれてゐる」とのことで、上京した折にホテルオークラで伊澤さんと三人で食事を一緒にさせていただいたのが最後になりました。

この時、あなたは凛とした「楯の会」の制服でお見えになり、日頃の快活なユーモアは少なく、専ら憂国の至情を聞かせて下さいました。今から考へれば、あなたは別れの挨拶をしてくださったのですね。まさか二ヶ月後にあのお元気なお姿に会へなくなるとは夢にも思ひませんでした。

あれから三十五年、今思ひ返すと、当時は「昭和元禄」などと呼ばれてゐましたが、まだまだ希望に満ちた時代でした。確かにあなたが嘆かれたやうに、日本は「国の大本を忘れ、国民精神を失ひ、本をたださずして末に走り、その場しのぎと偽善に陥り、自ら魂の空白状態へ落ち込んで」行きつつありましたが、敗戦の後遺症を克服しようとする国民、青年も生まれてゐましたし、何よりも政治家には戦前の栄光を忘れぬ同憂の士が少なからず現存してゐました。

しかしその後、かうした長老達が次第に世を去ると、光輝ある国史の成跡《せいせき》を信ぜぬ忘恩《ぼうおん》の徒が政権を握り、ついに政府は正論を弾圧する幕府と化し、外は中韓両国の内政干渉に屈服する亡国外交を続け、内は伝統と祖先の偉業を否定する自虐教育を放置して人倫《じんりん》の地に堕ちた社会を現出せしめるに至り、国際社会からは完全に軽蔑無視される卑小な国家となり果てました。畏くも先帝陛下におかせられては、かうした状態をお嘆きの裡に崩御あそばされ、世は平成の大御代となりましたが、事態の改善は遅々として進まず、現在に至ってをります。

あなたは、このやうな亡国的現象の根源である憲法「われわれの愛する歴史と伝統の国、日本を骨抜きにしてしまった憲法」に対して「体をぶつけて死ぬ奴はゐないのか」と憤激されました。

近時漸く占領憲法改正の気運が高まって参りましたが、最近発表された自民党の憲法草案では、曲がりなりにも軍の保持は謳はれてゐますが、建軍の本義は明らかにされず、逆に占領軍が強制した国体破壊の戦後民主主義イデオロギーを憲法の基本理念として国民の自主憲法の名の下にそのまま追認しようとしてをります。

まだまだわが国の伝統に基づく真の憲法を制定する機は熟してゐないと断ずるほかありません。さらに建国以来二千六百年、国家の根幹として何人も手を触れることの許されなかった皇位継承に関する皇祖皇宗の規範を一部の人間の恣意によって変改しようとする恐るべきたくらみが政府レベルにおいて進行中といふ憂ふべき情況が生じてをります。

この三十五年間、乱れゆく世の様を見るにつけても、もしあなたさへ御在世であれば、と思ふことが何度あったか分かりません。しかし嘆くのみでは何の益にもなりません。あなたと同世代の私たちは既に老境に達してしまひましたが、この会場にご覧頂きますやうに、あなた方の志を慕ふ若い人達が集ってをります。かうした志ある青年達と力を併せて私どもも老躯に鞭打って「日本を日本の真姿に戻す」といふお二人の志を実現するため、渾身の努力を続けますことを御霊前にお誓ひ申し上げます。何卒天駆けり国駆りつつ我等の努めをみそなはしお導き賜らんことを謹んでお祈り申し上げます。

平成十七（二〇〇五）年十一月二十五日

追悼五十年祭「憂国忌」祭文

祭主　竹本忠雄

謹んで、三島由紀夫命、森田必勝命の御霊の御前に奏上し奉ります。

日本の前途を憂え、建軍を阻む戦後憲法の改正を叫んで、その根底たるべき武士の魂を振起《しんき》せしめんと、楯の会の両烈士が市ヶ谷台上で壮絶な最期を遂げられてから、本日ここに五十年の歳月が流れさりました。

事件後、森田必勝氏を生んだ日本学生同盟の有志により三島由紀夫研究会が結成され、その熱誠と、義挙の志を慕う全国同胞の共感に支えられ、乃木神社による厳粛なる鎮魂帰幽の神事のもと、憂国忌は今日まで絶えることなく挙行されて参りました。

その間、しかしながら、日本は、憲法の一行をも変えることあたわず、このままでは「或る経済大国として極東の一角に残る」ほかなしと危惧されたことが早くも現実化し、周辺諸国による直接間接の侵略、反日活動に対して、ただ歯噛みして甘受するのみの現状に至ったのであります。

かたわら、世界的天才文学者三島由紀夫は、いみじくも、死を決することによってのみ見えてくる未来があると、畢生の大作『豊饒の海』の若きヒーロー、飯沼勲に託して、政治をはるかに越えた次元から明察を下されました。後代の私共、ひいては異国の讃仰者をも斉しく感奮せしめてやまないものは、「自刃の思想」に至る、この至純の魂であります。

かかる魂より発して、三島先生、あなたは、『英霊の声』で神風特別攻撃隊員の亡魂を鎮め、翌年さらに二・二六事件の磯部一等主計の遺稿を精査して、玲瓏《れいろう》たる名作『憂国』にその至誠を結晶せしめて、もって国賊として葬られた忠烈諸士の名誉を復興されました。

けだし、吉田松陰に極まる、国の英雄たちの累々たる屍、そこから羽ばたき出た白鳥の群れにささえられて大和島根はあり、見えずとも在るその英霊を祀ればこそ国は在り、祀らねば亡びるほかなきこと、必定だからであります。

かくのごとく、三島先生は、遡っては敗戦と東京裁判に至る日本の凶運の闇黒部分を照射し、未来を見ては、日本と世界の諸事件の本質を神のごとくに見透しておられました。

『癩王のテラス』は、カンボジアのクメール王国崩壊の予見でした。義挙の年、昭和四十五年から見ればソ連崩壊も天安門事件もほぼ二十年も先であったにもかかわらず、ハンガリー、チェコの悲劇から推して、「革命衝動」が無差別の破壊と殺戮に至る内面的必然性を指摘し、そもそもフランス革命の時代において人間性への最も深い洞察を下したのは「ヴォルテールではなくサド侯爵である」と喝破されました。

しかして『文化防衛論』において、キング牧師の暗殺とヴェトナム戦争後遺症からして「民族と国家の分裂」は今後激化の一途をたどるであろう、ここから、敗戦以後、異民族の問題のほとんど皆無だった我が国においても、この分裂は朝鮮人問題や沖縄問題として深刻化するであろうと警告されました。

さらには、これまた、横田めぐみさんの拉致より二十年も前に、「人質にされた日本人を平和的にしか救出しえない国家権力と、世論という手かせ足かせ」という限界を鋭く指摘し、救出を阻む日本内部の牢固たる壁を見透して、つとに根底から疑問を呈されたのであります。

ここから、「剣の原理」を説いて、世にも人にもさきがけて大義に殉じられた行為に対して、時の政界の領袖たちは狂人扱いをしましたが、いま、日々、尖閣諸島で生じつつある目を覆うばかりの中国艦船の横暴を見るにつけても、彼らは言うべき如何なる言葉を持つでしょうか。

まことに、先生の明察は余りに深く、その託宣《たくせん》は時に私共凡俗の理解をこえて神秘的と思われることさえありました。マルクス主義の「弁証法的進歩の概念」に抗しうるのは「日本文化の生命の連続性の本質」のみとして、「みやび」の極みたる天皇こそこの本質を照らしだす鏡であると卓見を示されましたが、国と民族の分裂が極まれば「みやび」が一転して「荒ぶる神」となることありと指摘されたごとき、それであります。果たせるかな、市ヶ谷台上の蹶起より四年目、昭和四十九年に、「靖国神社国家護持法」が国会で最終的に廃案とされるや、その時を画して日本の救いがたき精神的堕落は決定的となり、同時に、懼れ多くも昭和天皇御自身による「慷み」の御製の群詠が開始されたので

ありました。エレミアの悲歌ならぬ昭和天皇の悲歌は、「憂国サイクル」ともお呼びすべく、以後十五年にもわたって連綿と続き、

やすらけき　世を祈りしも　いまだならず　くやしくもあるか　きざしみゆれど

との血涙共に下る事実上の辞世をもって終わるまで熄むことはなかったのであります。

和御魂の顕れであらせられる天皇の、かくもあからさまなる荒御魂への変容に、私共国民は心底から恐怖し戦きましたが、思えばそれは、三島・森田両烈士の辞世にほとばしる憂憤が掻き立てた、見えざる波動との奇蹟的共振であるかに拝せられるのは、僻目でありましょうか。

しかも、この御宸憂を受け継いだかのごとく、それから八年後、同じく「終戦記念日」を期し、かつそのように題して、皇后陛下美智子さまのお詠みになった、

海陸の　いづへを知らず　姿なき　あまたの御霊　国護るらん

の、あの絶唱が、突如、凛乎として立ち昇ったのであります。

かくして、戦慄的一作、『英霊の声』に描きだされた、月明の海上をさまよいつつ呪詛の声を上げ

る特攻戦士たちの怨霊は、世界史にも稀なる君民呼応によってさらに大いなる鎮もりを得たと拝しうるでありましょう。

「帝王の御製の山頂から一トつづきの裾野につらなることにより（……）国の文化的連続性」との先生の予言は、ここに了々として実現を見たのであります。

獄中で聖慮の下ることをひたすら夢見た磯部浅一に仮託して、『憂国』の著者三島由紀夫はこう問いました。

「待つとは何か」と。

市ヶ谷台上において楯の会隊長三島由紀夫は自衛隊員たちに総蹶起を促し、檄文でこう訴えました。

「あと三十分、最後の三十分待とう」と。

「今こそわれわれは生命尊重以上の価値の所在を諸君の目に見せてやる。それは自由でも民主主義でもない。日本だ」との絶唱がこれに続きます。

待つとは何か。

最終的に応答は自衛隊からは、政体からは来ないであろう、ゆえにこそ、自刃をもって終わる「道義的革命」の意義はあるのだと明断に見透しつつ、しかもなおこの最後の叫びに血涙を振り絞った烈士の真情を思って、私共は慟哭せざるをえません。

しかし、武士道の日本は、血をもって終わらず、歌をもって終わる国であります。奇蹟の共振の波は続き、天皇皇后両陛下は硫黄島におもむき、栗林忠道中将の辞世「国の為重きつとめを果し得で矢弾尽き果て散るぞ悲しき」に返歌をささげられました。

硫黄島玉砕からこの高貴なる応答まで五十年。その意義が、三島森田両烈士の自刃から本日只今の憂国忌までの五十年のそれと重なる時が到来しました。

歴史的現実の時間においては見えずとも、霊性的次元においてこのことは皓々《こうこう》として明らかであり、しかも、合理と進歩の名のもとに歴史につまづいた人類史の二百数十年ののちに、いま、科学的真理とも不可分の、三島文学が「白昼の神秘」と呼ぶ未知世界が啓かれようとしております。

この新たなる光の中で、共感の木霊は事件以後に生まれた若者たちの間からも続々と返りつつあり、もはやそれは世界的現象と化しつつあるのであります。

コロナ禍がなければ、今日この日を待ち焦がれたそれらの人々が駆けつけて、この会堂は埋めつくされたことでしょう。

これらすべての賛同者とともに、二柱の命の至誠を偲んで、ここに私たちは三島精神の継承を新たにお誓い申しあげるものであります。

「あとに続くを信ず」

三島さん、いまや、この信は日本のみならず、「美しい星」救済の夢となったのです。

令和二（二〇二〇）年十一月二十五日

資料編

檄、辞世、発起人リストほか

［資料1］

檄

楯の會隊長　三島由紀夫

われわれ楯の會は、自衛隊によつて育てられ、いはば自衛隊はわれわれの父でもあり、兄でもある。その恩義に報いるに、このやうな忘恩的行爲に出たのは何故であるか。かへりみれば、私は四年、學生は三年、隊内で準自衛官としての待遇を受け、一片の打算もない教育を受け、又われわれも心から自衛隊を愛し、もはや隊の柵外の日本にはない「眞の日本」をここに夢み、ここでこそ終戰後つひに知らなかつた男の涙を知つた。ここで流したわれわれの汗は純一であり、憂國の精神を相共にする同志として共に富士の原野を馳驅した。このことには一點の疑ひもない。われわれにとつて自衛隊は故郷であり、生ぬるい現代日本で凛烈の氣を呼吸できる唯一の場所であつた。教官、助教諸氏から受けた愛情は測り知れない。しかもなほ、敢てこの擧に出たのは何故であるか。たとへ強辯と云はれようとも、自衛隊を愛するが故であると私は斷言する。

われわれは戰後の日本が、經濟的繁榮にうつつを拔かし、國の大本を忘れ、國民精神を失ひ、本を正さずして末に走り、その場しのぎと僞善に陷り、自ら魂の空白狀態へ落ち込んでゆくのを見た。政治は矛盾の糊塗、自己の保身、權力慾、僞善にのみ捧げられ、國家百年の大計は外國に委ね、敗戰の汚辱は拂拭されずにただごまかされ、日本人自ら日本の歴史と傳統を潰してゆくのを、齒嚙みをしながら見てゐなければならなかつた。われわれは今や自衞隊にのみ、眞の日本、眞の日本人、眞の武士の魂が殘されてゐるのを夢みた。しかも法理論的には、自衞隊は違憲であることは明白であり、國の根本問題である防衞が、御都合主義の法的解釋によつてごまかされ、軍の名を用ひない軍として、日本人の魂の腐敗、道義の頽廢の根本原因をなして來てゐるのを見た。もつとも名譽を重んずべき軍が、もつとも惡質の欺瞞の下に放置されて來たのである。自衞隊は敗戰後の國家の不名譽な十字架を負ひつづけて來た。自衞隊は國軍たりえず、建軍の本義を與へられず、警察の物理的に巨大なものとしての地位しか與へられず、その忠誠の對象も明確にされなかつた。われわれは戰後のあまりに永い日本の眠りに憤つた。自衞隊が目ざめる時こそ、日本が目ざめる時だと信じた。自衞隊が自ら目ざめることなしに、この眠れる日本が目ざめることはないのを信じた。憲法改正によつて、自衞隊が建軍の本義に立ち、眞の國軍となる日のために、國民として微力の限りを盡すこと以上に大いなる責務はない、と信じた。

四年前、私はひとり志を抱いて自衞隊に入り、その翌年には楯の會を結成した。楯の會の根本理念は、ひとへに自衞隊が目ざめる時、自衞隊を國軍、名譽ある國軍とするために、命を捨てようといふ決心にあつた。憲法改正がもはや議会制度下ではむづかしければ、治安出動こそその唯一の好機であり、われわれは治安出動の前衛となつて命を捨て、國軍の礎石たらんとした。國體を守るのは軍隊であり、政體を守るのは警察である。政體を警察力を以て守りきれない段階に來て、はじめて軍隊の出動によつて國體が明らかになり、軍は建軍の本義を回復するであらう。日本の軍隊の建軍の本義とは、「天皇を中心とする日本の歴史・文化・傳統を守る」ことにしか存在しないのである。國のねぢ曲つた大本を正すといふ使命のため、われわれは少數乍ら訓練を受け、挺身しようとしてゐたのである。

しかるに昨昭和四十四年十月二十一日に何が起つたか。總理訪米前の大詰ともいふべきこのデモは、壓倒的な警察力の下に不發に終つた。その状況を新宿で見て、私は、「これで憲法は變らない」と痛恨した。その日に何が起つたか。政府は極左勢力の限界を見極め、戒嚴令にも等しい警察の規制に對する一般民衆の反應を見極め、敢て「憲法改正」といふ火中の栗を拾はずとも、事態を収拾しうる自信を得たのである。治安出動は不用になつた。政府は政體維持のためには、何ら憲法と牴觸しない警察力だけで乘り切る自信を得、國の根本問題に對して頬つかぶりをつづける自信を得た。これで、左派勢力には憲法護持の飴玉をしやぶらせつづけ、名を捨てて實をとる方策を固め、自ら、護憲を標榜することの利點を得たのである。名を捨てて、實をとる！　政治家にとつてはそれでよからう。しかし自衛隊にとつては、致命傷であることに、政治家は氣づかない筈はない。そこでふたたび、前にもまさる僞善と隱蔽、うれしがらせとごまかしがはじまつた。

銘記せよ！　實はこの昭和四十五年《ママ》十月二十一日といふ日は、自衛隊にとつては悲劇の日だつた。創立以來二十年に亙つて、憲法改正を待ちこがれてきた自衛隊にとつて、決定的にその希望が裏切られ、憲法改正は政治的プログラムから除外され、相共に議會主義政黨を主張する自民黨と共産黨が、非議會主義的方法の可能性を晴れ晴れと拂拭した日だつた。論理的に正に、この日を堺にして、それまで憲法の私生児であつた自衛隊は、「護憲の軍隊」として認知されたのである。これ以上のパラドックスがあらうか。

われわれはこの日以後の自衛隊に一刻一刻注視した。われわれが夢みてゐたやうに、もし自衛隊に武士の魂が殘つてゐるならば、どうしてこの事態を默視しえよう。自らを否定するものを守るとは、何たる論理的矛盾であらう。男であれば、男の矜りがどうしてこれを容認しえよう。我慢に我慢を重ねても、守るべき最後の一線をこえれば、決然起ち上るのが男であり武士である。われわれはひたすら耳をすました。しかし自衛隊のどこからも、「自らを否定する憲法を守れ」といふ屈辱的な命令に對する、男子の聲はきこえては來なかつた。かくなる上は、自らの力を自覺して、國の論理の歪みを正すほかに道はないことがわかつてゐるのに、自衛隊は聲を奪はれたカナリヤのやうに默つたままだつた。

われわれは悲しみ、怒り、つひには憤激した。諸官は任務を與へられなければ何もできぬといふ。しかし諸官に與へられる任務は、悲しいかな、最終的には日本からは來ないのだ。シヴィリアン・コントロールが民主的軍隊の本姿である、といふ。しかし英米のシヴィリアン・コントロールは、軍政に關する財政上のコントロールである。日本のやうに人事權まで奪はれて去勢され、變節常なき政治家に操られ、黨利黨略に利用されることではない。

この上、政治家のうれしがらせに乘り、より深い自己欺瞞と自己冒瀆の道を歩まうとする自衞隊は魂が腐つたのか。武士の魂はどこへ行つたのだ。魂の死んだ巨大な武器庫になつて、どこへ行かうとするのか。纖維交渉に當つては自民黨を賣國奴呼ばはりした纖維業者もあつたのに、國家百年の大計にかかはる核停條約は、あたかもかつての五・五・三の不平等條約の再現であることが明らかであるにもかかはらず、抗議して腹を切るジェネラル一人、自衞隊からは出なかつた。

沖繩返還とは何か？　本土の防衞責任とは何か？　アメリカは眞の日本の自主的軍隊が日本の國土を守ることを喜ばないのは自明である。あと二年の内に自主性を回復せねば、左派のいふ如く、自衞隊は永遠にアメリカの傭兵として終るであらう。

われわれは四年待つた。最後の一年は熱烈に待つた。もう待てぬ。自ら冒瀆する者を待つわけには行かぬ。しかしあと三十分、最後の三十分待たう。共に起つて義のために共に死ぬのだ。日本を日本の眞姿に戻して、そこで死ぬのだ。生命尊重のみで、魂は死んでもよいのか。生命以上の價値なくして何の軍隊だ。今こそわれわれは生命尊重以上の價値の所在を諸君の目に見せてやる。それは自由でも民主々義でもない。日本だ。われわれの愛する歷史と傳統の國、日本だ。これを骨拔きにしてしまつた憲法に體をぶつけて死ぬ奴はゐないのか。もしゐれば、今からでも共に起ち、共に死なう。われわれは至純の魂を持つ諸君が、一個の男子、眞の武士として蘇へることを熱望するあまり、この擧に出たのである。

［資料2］

辞世　三島由紀夫

益荒男が　たばさむ　太刀の　鞘鳴りに　幾とせ耐えて　今日の初霜
散るをいとふ　世にも人にも　さきがけて　散るこそ花と　吹く小夜嵐

辞世　森田必勝

今日にかけて　かねて誓ひし　我が胸の　思ひを知るは　野分のみかは

［資料3］

「憂国忌」趣意書

林房雄

三島由紀夫の思想と行動の意義は、日本人の心に静かに浸透し、理解されつつある。特に、戦後育ちの青年層への影響の強さには驚くべきものがある。

「憂国」とは何か？　愛なきところには憂いはない。自己を、家族肉親を、国を、世界を、人類を愛し、その危機を予感する時、憂いは生れる。

我々は人類を愛し、世界の危機を憂うる。ただし、この危機に対処するためには、諸国民はひとまず国境の内側で立ち止まらなければならぬ。世界と人類は今日ではまだ具体としては存在せず、未来に属する概念であり理想である。我々はおのれの生れ育った国の危機を解決して初めて世界と人類の未来に通じる道を開くことができる。

日本人にとっては、日本という国は生きた伝統と道統を持つ生きた統一体である。この国が亡びたら、日本人の世界と人類への道は閉される、敗戦以来二十六年、日本の伝統・道徳・教育・思想・風俗はひたすら亡びへの一路をたどりつつある。この頽落を見ぬいて、日本を愛するが故に日本を憂うる三島由紀夫の「憂国の思想と行動」が生れた。

憂国の精神は、自己愛と肉親愛を超える。三島由紀夫はそれを行動で示した。この捨身と献身は日本の誇るべき道統である。彼は生前、「自分の行動は二、三百年後でなければ理解されないだろう」と書いたが、理解はすでに始まっている。理解者は日本人だけにかぎらず、外国人の中にもいる。それが世界と人類の未来への道を開く行動であるからだ。

まず少数の理解者が彼の精神を想起し拡大する「憂国忌」に集まろう、「二、三百年後」という嘆きを、五十年、十年後にちぢめて、三島由紀夫の魂を微笑せしめるために。

［資料４］

「憂国忌」代表発起人（令和六年九月一日現在。敬称略。五十音順）

入江隆則、桶谷秀昭、竹本忠雄、富岡幸一郎、中村彰彦、西尾幹二、細江英公、松本徹

村松英子

「憂国忌」発起人

阿羅健一、荒岩宏奨、井川一久、池田憲彦、井上隆史、猪瀬直樹、植田剛彦、潮匡人

大久保典夫、岡山典弘、奥本康大、小山和伸、門田隆将、金子宗徳、川口マーン惠美

河内孝、後藤俊彦、桜林美佐、佐藤秀明、執行草舟、新保祐司、杉田欣次、杉原志啓

石平、高池勝彦、高橋克彦、高山正之、田中秀雄、田中英道、池東旭、柘植久慶

堤堯、中西輝政、西村幸祐、西村眞悟、花田紀凱、東中野修道、福田逸、藤井厳喜

藤野博、古田博司、ペマギャルポ、水島総、南丘喜八郎、三輪和雄、室谷克実、

八木秀次、山崎行太郎、山村明義、吉田好克、渡辺利夫、ヴルピッタ・ロマノ

三島由紀夫研究会

玉川博己（代表幹事）、菅谷誠一郎（事務局長）、浅野正美、有村吉弘、石渡寿哉

小川正光、尾形香代子、岡村泰子、後藤尚二、佐藤雄二、鈴木秀壽、田村誠

野島智彦、堀口睦乃、比留間誠司

憂国忌実行委員会

宮崎正弘（世話人）、浅岡敬史、上野善久、斎藤英俊、佐々木俊夫、首藤隆利

杉浦利重、高柳光明、武田浩一、正木和美、松島一夫、宮川英之、山本之聞

山本徳造、吉野洋子

三島研究会・歴代事務局長（就任順）

関健、玉川博己、古屋秀樹、石井和夫、久米晃、佐々木俊夫、田代研二

肥田直樹、宮川英之、亀井剛、正木和美、三浦重周、菅谷誠一郎

憂国忌発起人の物故者（過去に発起人になっていただいた主な方々）

会田雄次、相原良一、浅野晃、葦津珍彦、麻生良方、阿部正路、天野貞祐、荒木俊馬

荒木精之、安津素彦、飯守重任、池田弘太郎、池田弥三郎、石原慎太郎、石堂淑朗
石原萠記、伊沢甲子麿、井尻千男、市原豊太、伊東深水、井上源吾、井上友一郎
入江通雅、岩田専太郎、岩淵辰男、江藤淳、遠藤浩一、遠藤周作、大石義雄、大島康正
大浜信泉、大平善悟、岡潔、荻原井泉水、奥野健男、小高根二郎、小田村四郎
小田村寅二郎、小汀利得、嘉悦康人、景山民夫、影山正治、片岡鐵哉、勝部真長
加藤芳郎、神川彦松、神谷不二、川内康範、河上徹太郎、川口松太郎、川端康成
上林暁、木内信胤、気賀健三、岸田今日子、金田一春彦、草野心平、久住忠男
楠本憲吉、久世光彦、工藤重忠、倉橋由美子、倉前盛通、呉茂一、黒川紀章
桑原寿二、源田実、黄文雄、越路吹雪、五社英雄、古関祐而、小林秀雄、五味康祐、
小室直樹、今東光、エドワード・サイデンステッカー、佐伯彰一、佐藤欣子、佐藤誠三郎
サトウハチロー、佐藤亮一、篠喜八郎、篠沢秀夫、柴田錬三郎、清水崑、清水文雄
進藤純孝、神保光太郎、末次一郎、杉森久英、高田好胤、高橋健二、高山貴、滝口直太郎
滝原健之、武智鉄二、立松和平、田中健五、田中美代子、田中澄江、田中卓
田辺貞之助、田辺茂一、玉利齋、田村泰次郎、塚本幸一、鶴田浩二、寺内大吉
遠山景久、戸川昌子、堂本正樹、長岡実、中川一郎、中河與一、永田雅一
中谷孝雄、永野茂門、六代目中村歌左衛門、十七代目中村勘三郎、二代目中村雁治郎

中村草田男、中村泰三郎、中山正敏、名越二荒之助、奈須田敬、南原宏治
西川鯉三郎、西部邁、西山廣喜、西脇順三郎、丹羽春喜、野島秀勝、長谷川泉
長谷川才次、花岡信昭、林三郎、林武、林忠彦、林房雄、林富士馬、平林たい子
福田恆存、藤浦洸、藤島泰輔、藤原義江、船坂弘、ヘンリー・ストークス、北条誠
坊城俊民、細川隆一郎、細川隆元、堀口大学、前川佐美雄、町春草、松浦竹夫
初代松本白鸚、松本道弘、黛敏郎、三好行雄、水谷八重子、光岡明、三潴信吾
宮崎清隆、三好行雄、三輪知雄、武藤光明、村尾次郎、村上元三、村上兵衛
村松剛、村松定孝、森三十郎、森下泰、諸井薫、安岡正篤、保田與重郎
山岡荘八、山田五十鈴、山室静、山本卓眞、山本夏彦、夜久正雄、吉田精一
吉原恒雄、吉村正、横山泰三、渡辺銕蔵

三島由紀夫 憂国と情念

2024年10月15日　印刷
2024年10月25日　発行

編　者　　三島由紀夫研究会
発行者　　奈須田若仁
発行所　　並木書房
〒170-0002 東京都豊島区巣鴨 2-4-2-501
電話(03)6903-4366　fax(03)6903-4368
http://www.namiki-shobo.co.jp
印刷製本　モリモト印刷
ISBN978-4-89063-455-2